ヒマ道楽

ヒマ道楽

坪内稔典

岩波書店

目　次

Ⅰ　ヒマへの自覚　1

しめしめ

ほどほど

社会コーケン

秘密兵器

おたのしみ

I　ヒマへの自覚

ぐずぐず

くよくよ虫

私たちの身体にはいろんな虫がいる。子どものころ、苦い回虫駆除の薬を飲まされたが、弟には癇《かん》の虫がいて、消し炭や壁土をかじっていた。だから口のまわりが黒くすすけていた。

ふさぎの虫、浮気の虫、そして母たちが信じていた三尸《さんし》の虫なんてのもある。三尸の虫は庚申《こうしん》の日に体から抜け出し、その人の罪状などを天帝に報告する。天帝はその報告に基づき、その人の寿命などを決めた。母などは庚申の日、お堂などに集まって一夜を過ごした。ごちそうを食べているだけと見えたが、実は三尸の虫が抜け出すのを防いでいたのだ。

そういえば、庚申の日に生まれると泥棒になるのだった。有名な石川五右衛門などの日本の泥棒は、庚申生まれと決まっている。昔はお産を不浄とみなしており、庚申の出産は嫌われたのだ。

そうそう、あの夏目漱石が庚申生まれだった。庚申に生まれると、泥棒にならないまじないとして金、あるいは金偏の字を名前につけた。漱石は金之助が本名だが、なんとそれは泥棒除けの名前だった。漱石は一時期千円札の顔になっていたから、まじないがとてもよく効いたのだ。ともあれ、先祖などに金のつく名前の人がいたら、その人はおそらく漱石と同じ運命のもとに生まれている。

最近、私の中にはくよくよ虫がいる。たとえば、レストランでカレーライスを注文したらなかなか出て来ない。後から店に来て元気よく、カレー大盛り、と叫んだ人はすでに食べている。間もなくだろう、きっと次だろう、と思っているがいっこうに出ない。言おうか、いや、もうちょっと、とくよくよする。少し腹が立っているが、でも、何か事情があるのだろうと、くよくよ気配をうかがう。

どこかを初めて訪ねるとき、このくよくよ虫が顔を出すとひどいことになる。方向音痴に近いのだが、なんとかして自力で到着しようと思うのだ。だれかに尋ねればいいのだが、尋ねることを躊躇《ちゅうちょ》する。そんなことも分からないで歩いているのか、とバカにされそうな気がするのだ。いや、知らない人に話しかけることをためらう、と言うべきだろう。実のところ、人に尋ねてもうまく行けたためしがない。すぐに迷って行き先不明になる。ひどいときは小一時間探し回る。

親しい人たちは、どうして？　すぐ言えばすむことじゃないか、と簡単に片づけるが、すぐに言えるのであればくよくよ虫は顔を出さない。

それにしても、私は七十歳に近い。変かなあ、七十歳の飼うくよくよ虫は。

にこにこ虫本舗

飼いたい虫がある。その名はにこにこ虫。

前回も書いたように私たちの心身にはいろんな虫がいる。『「腹の虫」の研究』（名古屋大学出版会）によると、心身の虫は江戸時代に特に増えたらしい。平安時代などにはたとえば生霊が跋扈《ばっこ》して人にとりついた。その悪霊を払ってくれるのは宗教者や安倍晴明のような陰陽師《おんみょうじ》であった。ところが、時代が新しくなるにつれて、心身にいるのが霊から虫に変わる。すると、こんどは医師が活躍することになる。医師が虫退治をするのだ。今日の西洋医術の医師は虫の存在を信じてはいないだろうが、それでも私たちは今なお、なんとなく心身にいる虫を信じている。ふさぎの虫や浮気の虫に動かされるし、ああ、今日は虫の居所が悪いなあ、と嘆いたりもする。

前回、私の中にはくよくよ虫がいる、と書いたが、もう一匹（いや、何匹もいるのかもしれない）、よく動く困りものがいる。苦虫だ。

いつからか、私の普段の表情は、いかにも苦虫を噛んだ感じ。怒ったり不満があったりの不機嫌きわまる表情をしているのだ。もちろん、実際は怒ってもいないし不満もない。それでも苦虫を噛んだ顔になってしまう。

この表情、もしかしたら私の性向かもしれず、ちょっとやそっとでは変えられないだろう。ついでに言えば、話しながら手を動かす性向もある。テレビに出たときなど、話しながら手をもんだり、手でどこかを掻いたりしている。みっともないので、手を動かさないようにと気を付け、膝の上にちゃんと置いておくのだが、話し始めるといつの間にか手が勝手に動いている。

さらにいえば、歩くときにおのずとうつむくのも性向かも。うつむかないで、前方を、できれば斜め上を見て歩こうと思うのだが、歩き始めるともう駄目、いつの間にかうつむいて首を垂れて歩いている。

苦虫を噛んだ顔、勝手に動く手、垂れる首。この自画像はなんとも暗い。陰気だ。そこで、ふと思いついたのである。この際、意図的に虫を飼おう、と。その虫がにこにこ虫。顔や気持ちをにこにこさせる虫である。

にこにこ虫という名前は重量感や品位を欠くが、それはかえっていいだろう。重々しくて品位の高い老人（なれっこないが）だと虫が逃げ出す気がする。ともあれ、胸の真ん中あたりににこにこ虫を飼い、苦虫と対決させたい。いや、苦虫を噛んだ後ににこにこ虫に登場してもらうのだ。もしかしたら私はにこにこ虫本舗の主人になれるかも。

というわけで、数日前からにこにこ虫を飼い始めた。

「敬老の日」の老人

敬老の日がやってくる。九月の第三月曜日がその国民の祝日だが、考えてみれば敬老の日はお盆の生身魂《いきみたま》の現代版だ。

生身魂を詠んだ草間時彦の句がある。

おいぼれにあらず吾こそ生身魂

念のために説明するが、盆の間の一族の長などが生身魂。昔はその生身魂にあやかるために、感謝と敬意をこめてごちそうをしたり贈り物をした。八十代の時彦の句、おいぼれているけど、見方をかえれば私は生身魂だよ、と自己PRしている。いや、自分で自分に言い聞かせている。

次も時彦の句である。

老人の日や敬ひて呉れるなよ

季語「生身魂」はまだよいが、季語「敬老の日」はいただけない。むしろ「老人の日」のほうが呼称としてはいいよ、という句であろう。生身魂として、つまり半ばあの世の存在としてもてなされることには諧謔《かいぎゃく》というか人生の深みがあるが、敬老はなんだか薄い感じ。というか、老人は敬老の対象だ、と断定されると、当の老人はなんともむずがゆい。

実は、「敬老の日」という呼称は一九六六年に始まった。それ以前は「としよりの日」であった。年寄りとか老人はあからさまな言い方なので、砂糖をまぶしたみたいな敬老になったのだろう。「こどもの日」もあからさまな言い方だが、子どもは素顔でもきれい、だからそのままの言い方をしているのか。年寄りはそのままだと老醜が目立ちすぎる？

年寄りが屁理屈をこき始めた感じだが、私も年寄りとか老人という語が好き。「敬老の日」よりも「年寄りの日」「老人の日」と言いたい。

老人の日は老人でゐることに

これは星野麥丘人《ばくきゅうじん》という俳人のやはり八十代の作。この人も「敬老の日」よりも「老人の日」が好きだったのかも。「敬老の日は老人でゐることに」だと、物ほしそうな老人になって品位が下がる。

老人に糸瓜《へちま》の花や椅子一つ
秋刀魚《さんま》焼くアルトサックス聴きながら

これらはわが愛唱の麥丘人八十代の作。彼は昨年(二〇一三年)、八十八歳で他界した。

草花にしゃがむ

「がんばるわなんて言うなよ草の花」は私の俳句。季語「草の花」は秋に咲く草の花を指す。庭、道端、公園、野原、山路などに今は「草の花」が咲いている。ヨメナ、キツネノマゴ、ツユクサ、アカザ、アキノタムラソウなど。

道を歩いているとき、たとえばキツネノマゴを見つけたら道端にしゃがみ込む。ときどき、

「どうかしましたか」と声を掛けてくれる人があるが、「キツネノマゴがいたものですから」と応えることもできず、あわてて、「いや、大丈夫ですよ。花を見ていました」と立ち上がる。

「花を見ていました」も、七十代の老人の返事としてはちょっと変かも。そう言えば、私は小学校四年生くらいから花好きな変な子だった。そのころ、志願して学校の花壇係になっていた。草をぬいたり花に水をやったりしていると心がやすまった。時々は草花と話もした。家の庭にも自分用の花壇を作り、マツバボタンやダリアを育てた。

父が花好きで、通信販売の種や球根を取り寄せていろんな花を咲かせていた。そんな父の影響があったのだろうが、草花好きになった大きな原因は、人とは話しづらいが草花とは自由に話せる、ということだった。

学校で教えられたのだが、そのころ、正確にしゃべらなければいけない、と思い詰めていた。よく考えて話の要点を整理し、それを正確に伝えたい、と思ったのだ。ところが、考えている間に場面が転換し、話題が変わっていることがしばしば。私の出番がないのである。そういうことが重なって、私はすっかり無口になった。口を開くきっかけがつかめない子になっていた。そんな日、花壇にしゃがむと草花が話し相手になってくれた。

二十代の終わりのころ、正岡子規と出会った。子規の全集を読み、大の子規ファンになったのだが、子規もまた草花の好きな少年だった。それを知ってとてもうれしかった。同類を見つけた気になった。

「花は我が世界にして草花は我が命なり」。これは「吾幼時の美感」という子規の随筆の一節。この随筆を書いたのは寝たきりの重病人になったころだが、子規は病室前の庭に咲く草花を楽しんだ。その草花を見ながら、少年時代にすでに「草花は我が命」だったことを思い出した。

私の場合、「草花は我が命」とまではいかない。でも、草花によって心を支えられてきたことは事実。というか、道端の草花にしゃがむ老人でありたいのである。こんど、「どうかしましたか」と聞かれたら、「ええ、キツネノマゴと遊んでいます。あなたもどうですか」と言ってみたい。

孤独癖

みんなと何かしているとき、ふと独りになりたくなる。先ごろ、家族と出雲へ一泊の旅行をしたが、帰りにその癖が出た。それで、サービスエリアに寄ってめいめいで好きなものを食べよう、と提案したが、まだ食べるには時間が早いと一蹴された。高速道路をおりてからみんなでファミ

鳥取砂丘

リーレストランへ行こう、ということになったのである。

私は機嫌が悪くなった。そんなにサービスエリアに寄りたいなら、ちょっと寄ってお父さん用のあんパンでも買いますか、と言った者があって、がぜん立腹した。私は、あんパンが食べたいからサービスエリアに寄ろう、と言っているのではない。ちょっとだけみんなからはぐれたいのだ。

結局、それ以降は黙り込んだ。家族に何か言われても反応を拒否した。だれの顔も、やっかいな爺さんだ、という表情になっている。

私の普段の夕食の時間をかなり超過して、車は家の近くのファミリーレストランへ着いた。先に帰る、とだけ言って、私は自分の荷物を持って車を降りた。カミさんはあきれた顔をしているが何も言わない。

家に帰ってしばらくすると、みんなが戻ってきた。

待ち時間が一時間近いから、家で食べることにした、と言っている。ざまあみろ、と思ったが、ここは無言。自分の部屋に閉じこもって独りを楽しんだ。

と、ここまで書くと、大人げないなあ、という気がする。私は七十歳である。しかも年に一度の家族旅行の最中だ。少しぐらいは自分を抑えるべきでは、と考えるのが常識かもしれない。としたら、私は常識はずれ、非常識な七十歳だ。

家族といるときを例にしたが、学生といっしょのときや俳句仲間と吟行しているときにも孤独癖が出る。ともかく、ふっと独りになりたくなる。いつもみんなといっしょ、という状態は耐え難い。

独りになったとき、しばらくしてすっと元のみんなの中へ戻れるとよいが、ときどき、うまく戻れないことがある。独りの気分を引きずってしまうのだ。そういうとき、ねんてんさん、何か気にさわりましたか、と心配される。ときには、体調が悪いのですか、と言われる。うまく説明できないので、この人は気難しいと思われがちだ。自分としては、みんなの中へ入りたいのだが、どうしてもうまくゆかない。

やっかいだなあ、と思う。なさけないなあ、とも思う。でも、自分でも扱いかねているこの孤独癖は、私のエネルギー源になっている感じがしないでもない。これがなくなると、私は張りを欠くだろう。弾力も欠くだろう。とても平板な老人になってしまう気がするのだ。

カバも見に

先日、大阪狭山市熟年大学で「モーロクのススメ」という講演をした。講演の終わり近く、質問の時間になったとき、男性が挙手して立った。定年退職して約一年、最近、どうしていいか分からない、なんのために生きているのか、ぐずぐず迷っています、と言った。

ぐずぐず迷っているというところで会場から笑いがわいたが、その笑いは共感みたいだった。その人、六十代の半ば、美術館などに出かけているが、よくよく考えてみたら、自分が今、生きてここにいる意味が不明になっている、さてさて、どうしたもんでしょう、と彼は少し恥ずかしそうに話した。

もちろん、私に答えはないのだが、この人、いいなあ、と思った。

私自身に即していえば、十代から二十代にかけての時期、自分の生きる意味が分からず、ぐずぐずしがちだった。ぐずぐずしながら、パチンコに夢中になったり、転職を重ねたりした。それでも、結婚し子どもができ、そして仕事に励む日々のなかで、それなりに充実感を覚えて過ごしてきた。でも、生きる意味をまともに問うことはなかった。もしかしたら、熟年とは生きる意味を再び問う年代なのかも。ちなみに、大阪狭山市熟年大学の熟年はほぼ六十歳以上を指すのだという。

鷲田清一さんの『哲学の使い方』(岩波新書)に、「「ぐずぐず」と思い悩むことは、わたしたちが手放してはならない権利の一つである。それは、問題を前にしてじぶんの意志を決める前に十分な時間的猶予を与えられる権利であるといってもよい」というくだりがある。ここを読んだとき、ぐずぐずしがちな自分を肯定してもらったようでうれしかった。そのうれしさを先の男性にも感じたのである。

定年退職して、ぐずぐずする余裕が十分に与えられる。それって、とてもいいことなのかも。若い時には時間的余裕がないので、ぐずぐずを中途半端にしてしまった。それが私の実感だが、この際、おおいにぐずぐずしてみたい。実は、私はこの三月末で定年退職する。ぐずぐずのための十分な時間的余裕を手に入れるのだ。

というわけで、あの気恥ずかしそうに話した男性に、私は壇上から呼びかけたのだった。ぐずぐず仲間になりましょ、生きる意味をお互いに探しましょうよ。老人たちが、たとえば芝生にすわって、おにぎりを食べながらですよ、自分の存在価値は何かを議論する、あるいは、世界の平和ということを考察する。そんなことっておもしろそうじゃないですか。ついでに、カバも見にいきませんか、いっしょに。

なになに心

前にばかり進むのではなく、意図的、積極的に後ろ向きになる、なんてこともあっていい。そんなことを考えていたら次のような蕪村の句に出会った。

うつつなきつまみごころの胡蝶かな

「うつつなき」は現実的でないようす。蝶がまるで異界から来た感じなのだろう。その異界は、たとえば中国の古典『荘子』の夢の世界。夢のなかでひらひら飛んでいた荘子は、目がさめたとき、自分が蝶になった夢を見ていたのか、この自分は蝶の見ている夢なのかが分からなくなる。蕪村の「うつつなき」胡蝶はそのような蝶だ。しかも、その蝶はなんとなく手で挟んでみたくなる。「つまみごころ」とは、自然に抓《つま》んでみたくなる気持ちに違いない。

もし蝶を抓んだら、自分が抓んだのか、蝶に抓まれたのか、おそらく分からなくなるだろう。

後ろ向きの太陽の塔

蕪村はそのような荘子的な境地、すなわち物と自分が一つに溶け合う境地を求めているのだろう。

　ゆく春やおもたき琵琶の抱心《だきごころ》

　これも蕪村の句だが、この「抱心」も抱きたくなる気持ちだろう。『蕪村全集』（講談社）第一巻では「過ぎゆく春。やるせない気分を琵琶をかき鳴らして払おうとすれば、その膝に感ずる重さに、喪失感と倦怠感はいよいよ深い。」と読んでいる。そのようにも読めるのだが、私は行く春を受けとめる気分が「おもたき琵琶の抱心」だと思う。ずっしりと重い琵琶を抱きたい、春が行こうとしている今は、と読むのである。

　それにしても、何かをしたくなる心（気持ち）をなになに心と表現したのは、いかにも後ろ向きの蕪村らしい。「桐火桶無絃の琴《きん》の撫でごころ」なんていう句もあるが、これは撫でたくなる心を表現している。

「つまみごころ」「抱心」「撫でごころ」。こういうときの心の動きは後ろ向きだ。果敢に未来に挑むとか、意欲的に前進しようとかする心ではない。むしろ、一見して他愛ないというか、どうでもいいような行動である。そういう心に蕪村はこだわっている。

　春雨や小磯の小貝ぬるるほど

これはよく知られた蕪村句だが、小さな磯の小さな貝がちょっと濡れるくらいに春雨が降っている。私は思わず小貝を抓みたくなる。この句にもなになに心がひそんでいる。

若さと老い

若い人はいい。しなやかだし、つややかだ。足は速いし、よく食べる。
老人もいい。つつましく、どっしりしている。足は遅いし、あまり食べない。
若い人も老人も、どっちもいいなあ。

あっ、もしかしたら、若い人の中には老人がいる？　同じように老人の中には若い人がいる？　うん。いるのだ、確かに。すてきな若い人は、自分の中に老人を住まわせている。魅力的な老人は、自分の内に若い人を抱えこんでいる。

えっ、若い人の中にいる老人ってどんな人？　死について想像できる人、あるいは死を感受する人だろうなあ。もっと端的にいえば、すぐそばに老人を感じることのできる人、そういう人は若いけど老人でもあるのではないだろうか。

老人の中に若い人がいる、そういう老人は、未熟さ、だらしなさ、混乱、雑駁《ざっぱく》などに寛容だ。というより、そういうものを面白がる。老人だけど子ども、そういう老人は、自分の内に若い人を抱えている。

若いだけ、老いだけではつまらない。単調、単純になって、人間的な味を欠く。若くて老人という若い人、老いて若者という老人、それが魅力的なのではないだろうか。

若さと老い、それを複合的に抱え込んだ人間になりたい。

というようなことを日脚《ひあし》の伸びた窓辺でぼんやりと考えていた。そのときふと、かつて読んだことのある司馬遼太郎さんの言葉を思い出した。

「一方で若さを寿《ことほ》ぎ、一方で古き仏たちの古寂びを尊ぶという二つの感情は、論理として統一されることがなく、たれのなかにも同居している。その無統一が、根源として日本人の活力をつくっていると考えていい」

エッセー集『風塵抄 二』(中公文庫)にある「若さと老いと」(一九九六年)の章の一節だ。奈良の風化した古仏、岸和田のダンジリ曳きの若者などを挙げ、日本人は伝統的にその両者を共に尊んできた、と司馬さんは述べている。そして、その両者の共存が根源的な活力になってきた、とも。司馬さんの意見に賛成だが、では、ねんてんの中の若さは何だろう。

うーん、孤独癖、立腹、無計画などかなあ。私はすぐ独りになりたがる。みなと何かをしている途中でも独りではぐれたくなる。よく腹を立てるし、無計画でゆきあたりばったり。こういうこと、すなわち大人げない性癖が私の抱えこんでいる若い人かも。

雲を見上げて

下を見て歩く癖がある。カミさんといっしょに歩いていると、「ほら、また下を見てるわよ。前見たら、前!」と何度も注意を受ける。「脳みそがいっぱいで頭が重いのだよ」と抗弁すると、「腐るわよ、頭。風通しが悪いでしょ、下ばかりでは」と攻めてくる。

下ばかり、しかも足元ばかりを見て歩くのは格好が悪い。首ががくんと折れている感じだ。この首、上に向けるにはどうしたらよいのだろう。

そうだ、雲を見上げたらいいかもしれない。

風光る雲のきんたまぶうらぶら
早春の雲は乳房を出したがる

ちょうど読んでいた八木忠栄《ちゅうえい》さんの句集『身体論』（砂子屋書房）にこんな俳句があった。ちょっと品は悪いが、雲のきんたまや乳房を探して歩いたら、首はおのずと上向きになるかも。もっとも、上を向き過ぎて車にぶつかるおそれがある。

ところで、季語の「春の雲」は薄く淡い感じの雲だ。清少納言の『枕草子』は、「春はあけぼの。やうやう白くなりゆく、山ぎはすこしあかりて、紫だちたる雲のほそくたなびきたる」と始まるが、この細くたなびいているのが春の雲だ。

もちろん、たなびいている雲ばかりではない。「浮雲は中也の帽子春の丘」。これは私の二十代の作。詩人の中原中也はつばの広い帽子をかぶった写真で有名だが、その中也の帽子のような雲も見つかる。私はやっぱり雲を見上げて歩くことにしよう。

雲もまた自分のやうだ
自分のやうに
すつかり途方にくれてゐるのだ
あまりにあまりにひろすぎる
涯《はて》のない蒼空《あおぞら》なので
おう老子《ろうし》よ
こんなときだ
にこにことして
ひよつこりとでてきませんか

右は山村暮鳥《ぼちょう》の詩「ある時」。詩集『雲』にある。雲を見上げていると、空の広さに不安を覚えることが確かにある。そんなとき、老子がひょっこり出てきたらいいなあ。老子は自然に即して素朴に生きることを説いた古代中国の思想家だ。

私は決めた。にこにこして空を見上げて歩くことに。

気まぐれの力

いわゆる「山笑う」季節になった。草木がいっせいに芽をふき、山が急にふくらんできた感じ。緑色も日々に濃くなっている。その山を見ていたら次の詩を連想した。

山の動く日きたる、
かく云《い》へど、人これを信ぜじ。
山はしばらく眠りしのみ、
その昔、彼等みな火に燃えて動きしを。
されど、そは信ぜずともよし、
人よ、ああ、唯だこれを信ぜよ、
すべて眠りし女、
今ぞ目覚めて動くなる。

与謝野晶子の「山の動く日」という詩。この詩の「山」は火山だが、今の時期の笑う山に重ねると、うごめく山(すなわち女性)のエネルギーを生き生きと実感できるのではないか。

晶子は多産の人であった。約五万首の短歌を詠み、『源氏物語』を口語訳にし、評論、詩、童話なども書いた。しかも十二人の子を産み、一人は生後間もなく亡くなったが、五男六女を育てている。

その晶子のエネルギーの源は何か。私見では彼女の気まぐれである。与謝野鉄幹にあこがれて上京したのも、歌を続々と詠んだのも、もしかしたら相次ぐ出産も、気まぐれがもたらした成果であった。

晶子に自伝的な小説「明るみへ」があるが、そこで晶子は、自分は気まぐれごとが好きだったと言い、気まぐれを押し通したことで人間の生きている命を実感した、と述べている。晶子はフランスにいる夫を訪ねて単身の旅をしたが、それもまた気まぐれだったと晶子は言うのだ。

一般的には気まぐれは否定的に見られがちだが、気まぐれを発揮して何かをすると、そのことに責任を持たなければならなくなる。それでおのずと前進したり、新しい活路を開く。そのような気まぐれを晶子はぜんまいと車にたとえている。いや、ぜんまいにして車、それが多産を可能にした晶子流気まぐれだった。気まぐれはぜんまいのように弾み、そして車のように前進する。

晶子は並外れた気まぐれの人だったのだ。というより、気まぐれの産み出すものに気づき、次々と気まぐれを発揮した。

さて、私はどうか。年齢を重ねるにつれて気まぐれを発揮しなくなっているのではないか。気まぐれな老人、それが私のなるべき自己像かも。

小学六年生

びっくりした。ややがっかりもした。
とりあえず次の詩「美しいことば」をどうぞ。

美しい
ことばの林
ことばの泉
そういうものがもしあったら
あったとしたら
一本の木

一てきの水になりたい。

二連目は「大きく育つと／広い知識を身につけると／だんだん美しくなってゆくことばの林」。三連目を引こう。

日でりがつづけば
今にも死にそうな旅人が通りかかれば
美しい清水でむかえる泉
そんなことばをぼくは持ちたい。

宮沢賢治の「雨ニモマケズ」を真似しているが、この詩の作者は小学六年生のねんてん、私である。郷里の後輩、すなわち私が六年生のときに三年生だった方から、つい先日、この詩のコピーを送ってもらった。その方の母が娘の詩の載った文集を保存していたらしい。同じページにその後輩の詩と私の詩が出ていた。

私がびっくりしたのは、ことばの泉を持ちたいという願い。それはそのまま現在の私のものである。別の言い方をすると、小学六年生以来、私は変わっていない、成長していない、ということになるかも。これはちょっとがっかりである。

あちこちで書いたりしゃべったりしているが、小学校の上級生のころ、私はことばにつまずいた。言いたいことを正確に言おうとしてうまく言えず、結局、ことばを苦手とする無口な少年になった。そんな私を心配して、本を読んだり詩を書くことを勧めてくださったのが五年生の担任だった田中英雄先生、そして六年の担任の尾崎多喜夫先生だった。日常の話しことばにつまずいた私は、本の中のことばによって救われたというか、心を解き放って軽くすることができた。そのような私の体験が、先の詩のことばの泉を持ちたいという願いになったのだろう。

ちなみに、話しことばは今もって苦手。特に初対面の人には何を話していいのか、いつも悩む。それで、不機嫌とか気難しいと思われがちだが、なんのことはない、小学六年生のままの私がおどおどしている。

しめしめ

十回のきれい

先日、介護施設に入っている九十六歳の義母を見舞った。足が悪くて自力で動けないが、食欲はあるし、頭はまあまあ。若いころ、評判の美人だったというが、その面影は今も残っていて、目元がきりっとしている。

その義母が、私をしみじみと見て、「まあ、坪内さんはきれいになって」と言った。頭髪である。白くなった髪をほめてくれたのだ。「ええ、手入れが大変です。毎朝、タマゴの白身で洗うのですよ」と冗談で応じると、「白く光る具合がほんとにきれい」と義母は目を細めている。

それから十分くらい、孫たちの話をしていた義母が、じっと私の頭を見て言った。「坪内さん。

まあ、きれいになって」。この言葉を義母は小一時間に十回くらいくりかえした。ときには、きれいな髪から話が広がって、病気がちだったのに元気になってよかった、とか、仕事がどうなるか心配していたがもう安心だ、とかいう話に及んだ。

ほめられている最初の内は、うれしくてニコニコしていたが、五回目くらいからニコニコがこわばってきた。ニコニコするための努力がいるようになってきたのだ。先ほど、義母の「頭はまあまあ」だ、と言ったのは以上のような状態だから。つまり、ついさっき言ったことなどはすぐ忘れるが、ムスメのムコの若い日などはよく覚えている。

義母は農家の主婦だったが、娘時代に神戸のある家へ行儀見習いで奉公していた。いわゆる女中として働いたのだが、そういう体験があったせいか、都会の暮らしに理解があった。農家の嫁にしたい、という夫の意見に少し抗《あらが》って、ヒヤマさん(私の妻)の結婚に理解を示してくれたのが義母だった。つまり、病気がち、仕事もアルバイト的だった若い日の私を、義母はそれなりに認めてくれたのだ。

「坪内さん、ほんとにきれい。ひかっとらい」と義母は目を細める。もう十回を超えたかもしれないほめ言葉だ。「ひかっとらい」は、「光っているよ」という意味の方言である。その日、施設の窓の向こうには四月の海が光っていた。

実は、私は自分の髪がいやだった。ひどい縮れ毛で、子どものころのあだ名はヒツジ、カリフラワー、天然パーマ。けんかをするたびに「ヒツジ！」だとか、「ねんてんの天然パーマ！」とどなられた。そのいやでいやでたまらなかった髪が、六十歳くらいで白くなり、やがて、「きれい！」とたまにほめられるようになった。行きずりの知らない人が、「うわっ、きれい！」と言ってくれたこともある。そんなことが重なって、近年、私はやっと髪コンプレックスから解放された感じになっていた。義母の言葉はその解放感に自信をもたらした。

死ですら越えて

モーロクの達人というか、モーロクについて示唆に富む発言や行動を残した人がいる。そのモーロクの名人(?)の一人を紹介したい。

それは森於菟《おと》(一八九〇〜一九六七年)。基礎医学の研究者として生涯を過ごしたが、彼は文豪・森鷗外の長男であった。

於菟という人は、自分は凡庸だ、と自覚していた。そして、凡庸な人の特権は耄碌《もうろく》することだ、と考えていた。その考えに私は共感する。

於菟は言う。父・鷗外のような天才、あるいは知の巨人は、耄碌したら目をそむけたくなるくらいに悲惨だ。だから一種の夭折《ようせつ》がふさわしい。相撲の横綱と同じように、知の横綱にも退きどきがある。それに対して、凡庸な者は世間を気にすることがあまりないから、実にやすやすと耄碌できる。

於菟はさらに言う。自分は「人生を茫漠《ぼうばく》たる一場の夢と観じて死にたい」。そのためには、死の前に耄碌状態に入るのがよい。そこでは現実と夢がないまぜになる。現実はあくどさやなまぐささを失い、こわいはずの死も親しいものになる。耄碌状態のなかにいると、現実を忘れるどころか、「死ですら越えて夢見そう」なのだ。

以上の於菟の考えは随筆集『耄碌寸前』（みすず書房）に拠った。数えで七十二歳の於菟は、「私は自分でも自分が耄碌しかかっていることがよくわかる」と言っている。記憶力の衰えや異常に眠くなることなどを耄碌現象として挙げ、そして先に触れたように、耄碌の続きとして死をとらえている。耄碌して死を自覚することなく死んでしまう、それがもしかしたら、「死ですら越えて」ゆくことかもしれない。

人が活発に活動する時期と、消えてしまう死との間に、クッションのように耄碌期がある。では、於菟の言葉をもう少し聞こう。「私は死を手なづけながら死に向って一歩一歩近づいていこうと思う。若い時代には恐ろしい顔をして私をにらんでいた死も、次第に私に馴れ親しみはじめたようだ。私は自分がようやく握れた死の手綱を放して二度と苦しむことがないように老耄の薄明に身をよこたえたいと思う」。

六十代は眠いよ眠い朝の虹
眠いなあ蟻と六十八歳と

私の句である。今、私は六十九歳だが、六十代はともかく眠かった。その眠さをうまく耄碌に接続できたら、しめしめ、だろうなあ。

超老人かも

夏目漱石に「童謡」という題の詩がある。三十七歳のときに作ったと思われる六連からなる作品だ。

源兵衛が　練馬村から

大根を　馬の背につけ
御歳暮に　持て来てくれた

右はその第一連。源兵衛は台所に腰をおろし、臭いタバコをすぱすぱふかす。その間に源兵衛の馬は垣根の白と赤の山茶花《さざんか》を食べる。では、最後の連を引こう。

源兵衛の　煙草あ臭いが
源兵衛は　好きなぢゞいだ
源兵衛の　馬は悪馬だ

子どもの目から源兵衛という家に出入りの老人を眺めた詩だが、この源兵衛、さて何歳くらいだろうか。六十代か七十代?

漱石の小説「道草」に、「時に姉さんは幾何《いくつ》でしたかね」と主人公の健三が姉に尋ねる場面がある。「もう御婆さんさ。取って一だもの」。年が明けたら五十一歳だというのだが、数え歳の時代の会話だから、今ふうにいえば五十歳なのだろう。五十歳は御婆さんなのである。この姉は、年が年だからもう昔のようには働けない、とも話している。

さて、源兵衛だが、右の事例から推測しておそらく五十代初めであろう。小説「坊っちゃん」

みかんの山(愛媛県八幡浜市)

には清という「婆さん」が登場し、坊っちゃんをとてもかわいがる。坊っちゃんもまるで恋人でもあるかのように清を慕っている。その清という「婆さん」も源兵衛くらいの年齢にちがいない。

要するに、漱石の小説に出てくる爺さんや婆さんは、今と比べるとずいぶん若い。漱石は数えの五十歳で他界したが、その年齢はもう十分に爺さんであった。実際、学生の久米正雄、芥川龍之介にあてた亡くなった年の手紙には、「僕のやうな老獪《ろうかい》なもの」という言葉がある。老獪とは「長い間世俗の経験を積んで狡猾なこと。世故にたけて悪賢いこと」(『広辞苑』)である。

源兵衛や清という漱石好みの老人は、実は老獪ではない。素朴というか、とても単純だ。自分を老獪だと自覚していた漱石は、その対極の源兵衛や清にあこがれたのだろう。

「冬晴れへ手を出し足も七十歳」は私の句。七十代に入っている私などは、漱石から見ると超老人かも。

白い雲も見えて

うんと若いときに老熟する人がいる。芥川龍之介、川端康成、太宰治、そして新美南吉など。彼らは二十歳前後で十分に老人だった。

たとえば龍之介。彼は最初の小説を一九一四年、二十二歳の時に書いたが、その題名は「老年」。放蕩《ほうとう》と遊芸に一生を費やした老人が、炬燵《こたつ》に入って昔の女に話しかける。だが、実際には相手はおらず、話しかけは独白である。老人はモーロクの境に入っていると言ってもいいだろう。老人が話している部屋の外では「雪はやむけしきもない……」。

老熟するとすごく客観的になる。他人や自分、そしてまわりを冷静に醒めた目で見ることができる。龍之介の老人の描き方がそれだ。康成は「十六歳の日記」で、治は「晩年」で、南吉は俳句や詩で、その老熟ぶりを示した。

芸術が好いものか、悪いものか、
そんな事は知らない。
いや、俺は考へない。
只、俺は、
天地の間から詩趣を見出せば好い。
そんなに俺は馬鹿げた男なのだ。

右は「詩人」という詩の最終連。この詩では「俺は一介の儚ない詩人なのだ」とも言っているが、なんとこれを書いたのは中学一年生、すなわち十三歳の時だった。十三歳で自分を「儚ない詩人」とか「馬鹿げた男」と呼ぶのは、不気味というか、私にはついていけない。つまり、南吉はたっぷり老熟している。

だが、多くの人は若い時は未熟であり、老熟からほど遠い。その老熟しなかった多くは、もしかしたら年をとってから老熟できるのではないか。それが私の淡い期待だ。実はモーロクのススメとは遅い遅い老熟の勧めなのである。

若くして老熟した人々はあまり長生きしない。南吉に至っては二十九歳で他界した。若くして老熟しなかった人々は長生きする傾向がある。としたら、たっぷり生きてモーロクを楽しもうではないか。

では、南吉の「木」という詩を引こう。この詩、「木はさびしい」「木は老人の手のやうな幹を／冬陽にてらされながら／はてもなく淋しい」と始まる。そして、その木の幹をなでた感懐が次のように表現されている。

木のさびしさはあつたかかつた
向うに白い雲も見えて

私は今、大きな木に触りたくなっている。木のそばでひょいと白い雲に乗れそうな気もする。

これからですねえ

若い俳句仲間が来て、「こんな句、どうですか」と次の句を示した。

ラブソングに蕪村がいるね春の海　　林田麻裕《まゆ》

のたりのたりの春の海を前にして、「ラブソングに蕪村がいるね」とカップルが話している光景だ。もしこれを読んでいるあなたがその話の相手だとしたら、さて、どのように応じるだろうか。

「えっ、何のこと?」では失格。のたりのたりの春の海を思い浮かべ、相手の肩に頭を寄せた気分になって、「うん、いるいる。ラブソングの真ん中にはいつも与謝蕪村がいるよ」と応じたら、あなたは恋の相手になれるかも。

ちょっと野暮だが、答えを言おう。「ラブソング」の真ん中、すなわちラとグに挟まれてブソン(蕪村)がいる。「他愛ないなあ」と思われるかもしれない。だが、他愛ないことをおもしろがる、それ以上の快楽があるだろうか。

実は、つい先日、六十九歳になった。二十代のころには頭になかった年齢だ。もしかしたら、先の二十代の麻裕なども自分が六十九歳になることなどは考えたことがないだろう。というようなことを思っていたら、やはり俳句仲間の池田澄子からメールが来た。

「六十九歳! これからですねえ」というメール。彼女は一九三六年生まれ、私より八歳の年長だ。「これからですねえ」には先輩の思いがこもっているだろう。澄子は七十歳前後にブレーク、今では現代を代表する俳人になっている。「じゃんけんで負けて蛍に生まれたの」「ピーマン切って中を明るくしてあげた」などが彼女の人気句だ。その澄子に次の句がある。

育たなくなれば大人ぞ春のくれ

もしかしたら、「これからですねえ」とはやっと大人になりましたね、ということかも。確かに身体はとっくに育たなくなっていて、日々に縮んでいる。でも、身体は育たないが、感じることや思うことはどうだろう。減ることはまだなく、小さくなった身体という器をはみ出しそうな気がする。そのはみ出しを楽しむ、それがもしかしたら大人の極意？

蝶よ蝶よと道を逸れると道に出た
青嵐神社があったので拝む

これも澄子の句。「出た」とか「拝む」という動詞が実に軽々と使われている。しかも明るくて楽しい。私も道を逸れ、青嵐に吹かれて歩こう。

叱られ、笑われ、馬鹿にされ

早くも一月の半ばになった。あっという間に時間が過ぎる。これは同年代の者がひとしく持つ感想らしく、このところ会う人ごとに、「早いね」「うん、早い」「あっという間だね」「そうだよ、あっという間……」と話している。この「……」のところはかなり意味深である。あっという間に二月になるというのか、あっという間に一生が終わるというのか……。

ともかく、年齢を重ねるごとに時間のスピードが速くなっている。これはどうしてなのだろう。行動、つまり体の反応などは歳とともにゆるくなっている。行動がゆるくなると、いつでも同じ速さで進んでいる時間をことさら速く感じるのか。うん、きっとそうだろう。

としたら、時間を意識しなければいいのではないか。時間に合わせない。時間を基軸にしない。時間を無視する。そんな暮らしをしたらどうだろう。もしかしたらそれがモーロク的暮らしの神髄というか、醍醐味《だいごみ》かも。

などと考えたら、自分にできていることはほんのわずか。その一つはあわてて電車やバスに乗らないこと。変わりかけた信号で道を渡らないこと。夜はさっさと寝ること。以上の三点は身についているというか、習慣化している。

こうしたことを順次に増やせばモーロクを楽しめるはずだが、この原稿の締め切り日とか大学の講義の時間、人に会う約束などは守らざるを得ない。つまり時間に従わざるを得ない。この時間に従わざるを得ないということを減らしてゆく。意識的に減らしてゆく。もしかしたら、それがモーロク的暮らしへ入ってゆくことかもしれない。

もっとも、変わりかけた信号で道を渡らない、ということにしても、それはそれでなかなか大変なのだ。たとえばカミさんといっしょに歩いているとする。あっ、黄色！　とカミさんはさっさと行く。私はゆっくり。黄信号だから止まる。待っていたカミさんが、あなたはのろいのよ、渡れたわよ、と叱る。並んで歩き始めると、上を向いて歩いて、下ばかり見て歩くとみっともないわよ、と笑う。駅に着くと、予定していた列車がちょうど出たばかり。あのとき信号でのろのろしたからよ、駄目ね、あなたは、と馬鹿にされる。

夜、早く寝ることにしても、叱られはしないが、家族に笑われ、馬鹿にされている。えっ、もう寝るの、ジージは子どもみたい、と小学三年の孫があざける。ジージが寝た後でうまいカステラを切るわね、とカミさんがあてこする。

要するに、叱られ、笑われ、馬鹿にされることが肝心だ。これが平気、あるいは快楽になると、私は独自の私自身の時間を生きるようになるだろう。

消閑の具

俳句は「他に職業を有する老人や病人が余技とし、消閑の具とするにふさわしい」。たとえていえばそれは、老人が菊作りや盆栽に専念するようなものだ。

右のように述べたのはフランス文学者の桑原武夫であった。敗戦直後の一九四六年に雑誌に載った桑原のエッセー「第二芸術――現代俳句について」は、俳句や短歌の否定論として広く話題になり、当時の俳人たちもその多くが桑原に反論した。

俳句のような第二芸術に対して、では、文字通りの芸術はどのようなものか。桑原は近代の西洋の芸術を頭において、「作品を通して作者の体験が鑑賞者のうちに再生産される」もの、それを芸術とした。

山々が近づいている子規忌かな

たとえばこの俳句から、鑑賞者（読者）はどのように作者の体験を再体験するだろう。山々が近づくとは、秋らしくなって空気が澄み、山脈がくっきりして近づく感じだろう。子規忌は正岡子規の命日。その子規忌に句中の人物は近づいた山脈を見ている。でも、作者の体験をこの句を通して再体験できるかどうか。第一、この句の作者が分からない。実は、この句の作者は私。

　俳句は伝統的に作者を隠すというか、作者はどうでもよい文芸である。そのことが具体的に示されるのは句会である。句会には無署名で作品が出され、だれの作かはかかわりなしに表現の技が競われる。作者の体験よりも五七五の言葉たちが大事なのだ。作者を重んじないことにおいて俳句は近代芸術ではない。というか、西洋的近代芸術では確かにない。桑原は的確に俳句の特色を指摘したのだ。

　桑原に反論した人々は、俳句も芸術である、スタンダールやピカソのそれとなんら違わない、と言い立てた。でも、やはり大きく違うだろう。ピカソの絵は一つの作品が何億円もするが、ねんてんの俳句だと、ほぼ無料だ(ほぼ、というのはたまに原稿料をもらうから)。まあ、値段の問題はさておき、ピカソの絵と俳句はその存在する場所が異なる。俳句は桑原のいう「消閑の具」として働く場所で生きる。だが、ピカソの絵は消閑の具ではなかっただろう。

　消閑の具とは暇つぶしだが、暇つぶしに夢中になるというのは、それがなんであれ、とても素敵だ。次は正岡子規の日記的随筆集「病床六尺」の一節。

草花の一枝を枕元に置いて、それを正直に写生して居ると、造化の秘密が段々分つて来るやうな気がする。

「造化の秘密」は宇宙の仕組み。写生画を描くのは子規にとって消閑の行為であった。その行為が病気で寝たきりの子規を大宇宙にまで誘い出した。今日九月十九日は子規忌である。

人生百年

初詣をした近所の寺には厄年を示す大看板があった。それをみていた孫の中学生が、「ジージなんかには厄年がないね、いいねえ」と言った。

意外な発言だった。私はやや憮然《ぶぜん》としてその看板を眺めていたのだから。六十歳を過ぎると厄年がなくなるのは、棄老というか、もはやどうでもいい人間と見なしているのだろう、と思って憮然としていたのだ。

その数日後、別の神社に行ったらやはり厄年の看板が立っており、厄年とは別に祝いの年齢が

１月の老木

示してあった。古稀や喜寿である。このような慶事は数え年でするならいだが、昭和十九年生まれが古稀。私は今年(二〇一三年)、古稀にあたるのである。でも、その看板を見上げていると、うれしいというより、いやな気分になった。厄年がなくなったかわりに、これからは褒め殺すのか、と思ったのである。

もっとも、すぐに反省をした。あの孫のように素直に受け取るべきで、棄老とか褒め殺しと思うのはひねくれた考えかもしれない、と。

厄年や古稀などは人生五十年の時代にできたものだろう。その時代には、厄年をしのいでおおいに働かなければいけなかった。五十歳を過ぎて古稀に到るなどということは、ほんとうに稀なことだった。だが、今や人生百年の時代である。百年の時代の人生の節目というか、百年を生きるための智慧のようなものがまだ出来てはいないのだろう。

若やぐは年が薬ぞ老いの春　宗隆

『歳旦発句集』という正月の句ばかりを集めた江戸時代の本を見ていたら、右の句があった。「年」(年齢)は若やぎの薬だというのだが、その薬のよく効いた、うんと若やいだ状態は「老いの春」なのである。二十代や三十代とは違うのだ。ちなみに、季語「老いの春」は年をとって迎えた新春のめでたさを言う。「年」が薬として効くとしたら確かに「老いの春」はめでたい。

では、「年」にはどんな薬効があるのだろうか。人生五十年の時代には厄年や古稀などの薬効があった。その薬効を支えに私たちは何百年も生きてきた。とすると、人生百年の時代を迎えた今、私たちは新しい「年」の薬効を発見すべきなのだろう。それって例のｉＰＳ細胞の開発に匹敵するかも。

なんだか話が大きくなってきた。すぐに調子をあげ、ｉＰＳ細胞の山中教授がすぐそばにいる気分になるのも「年」が効くせい?

花のしべと鼻毛

正岡子規の随筆「病床苦語」を読んでいたら、自分のことを次のように書いていた。「三十も越えて男一人前に髭《ひげ》迄生えて居るような奴」。子規の口のまわりなどには無精ひげが生えていたのだろうが、ひげが生えているのは男として一人前という思いが子規にはあったらしい。つまり、一人前の男ならひげを生やしているという次第。

子規の随筆は、そのひげを生やした自分が、病気の痛みに耐えかねて、声をあげてあんあんと泣いていることに及ぶ。ひげを生やした自分は、かつてそれをひねって偉そうな格好をしたこともある。その自分は今、大声あげて泣くだけ。生まれたままの裸体状態に戻った感じだ、と子規は言う。

この裸体状態の子規は絵を描くことを楽しみにしていた。水彩絵の具で草花や果物を写生したのだが、たとえばタテタテコンポを写生している。明治三十五年、亡くなる年の先の随筆によると、その蔓草《つるくさ》の紫の花のめしべを抜き、てのひらに並べる。そして、手の血脈のあたりをとんとん叩くと、そのめしべが立ち上がる。それがおもしろくて子どものころ、子規はこの花でよく遊んだらしい。タテタテコンポと唱えながら叩いたのか。ちなみにその花はミツバアケビの花である。

以上のような子規の随筆を読みながら、私は夏目漱石の「吾輩は猫である」を連想した。この小説には原稿を書きながら苦沙弥《くしゃみ》先生が鼻毛を抜く場面がある。鼻毛を抜いていたら、「あなた、ちょっと」と奥さんが登場する。奥さんは今月の家計が赤字だ、と相談するのだが、苦沙弥先生は鼻に指を突っ込んでぐいと鼻毛を抜く。その鼻毛を原稿用紙の上に次々に並べる。毛の一端に「肉が付いて」いるので鼻毛はぴんと立つ。吹いても飛ばない。「いやに頑固だな」と先生は一生懸命に吹く。

さらにぐいと抜くと、真っ白い毛が抜けた。指に挟んだその鼻毛を奥さんの顔の前へ突き出す。「あら、いやだ」と奥さんは顔をしかめて先生の手を突き戻す。先生は「ちょっと見ろ、鼻毛の白髪《しらが》だ」と感動した声を出すが、奥さんは笑いながら茶の間へ戻ってしまう。苦沙弥先生は鼻毛で奥さんを退散させた。これって、鼻毛の力であろうか。

実は私の鼻毛はすっかり白い。白いがよく伸びる。先日、小学四年の孫と電車に乗っていたら、大きな声で「ジージ、鼻の毛が出てるよ。白いよ」と言われてしまった。車内に無音の笑いが広がる気がして恥ずかしかった。気を許すとすぐにはみ出すのだ、鼻の白髪は。

ともあれ、子規と漱石は無二の親友だった。花のしべを立てて遊ぶ子規、鼻毛を立てて吹く漱石、その姿には人間としての基本的な共通性があるのかも。

ほどほど

神戸のお坊ちゃん

私の母は結婚前の十代のころ、神戸の弁護士の家で行儀見習いをしていた。

私が小学生になったころ、神戸のお坊ちゃんの古着が時々送られてきた。それを着ると、四国の半島の海賊の子孫のような私も、いくらかお坊ちゃん的になった。太平洋戦争の敗戦から間のない昭和二十年代後半の話である。

そのころ、村の婦人会を中心に生活改善運動が盛んに行われていた。その一環として朝食の洋風化が始まった。準備に時間を取らず、家族のだれもが準備を分担できるという理由であった。もちろん、食パンとサラダ、そして紅茶というハイカラな朝ごはんが私たちにはあこがれだった。

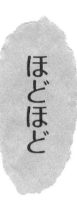

ことに母は、娘時代の神戸の朝がわが家にも来たといわんばかり、なんだか急にきれいになって朝ごはんの準備をした。

　食パンの焦げたいい匂いがして、紅茶の湯気がやさしい。胡瓜《きゅうり》やトマトもいつもと違って見える。私と弟はハチミツを塗ったパンを息も継がずに食べた。二枚目に手を出したとき、母はぱしっと私の手を叩き、おごそかに言ったのである。

「ダメ。神戸のお坊ちゃんはいつも一枚でした」

　一斤を六等分した一枚である。それだけというのはきびしい。二、三日はがまんしたが、次第に神戸のお坊ちゃんがうらめしくなった。父も同じような扱いを受けていたので、たまにはご飯の朝食にしよう、変化があっていいよ、などと言い出した。結局、洋風の朝食はなし崩しになった。母も息子たちの現実を認めざるをえなかったのだ。

　それでも、母はなおも夢を見ていた。あるとき、父の職場の旅行に連れて行ってもらえることになった。母はがぜん張り切り、息子の旅装を整えた。洋裁の出来る妹にスーツを作ってもらい、革靴も新調した。旅行の前夜、それらを試着したが、スーツは袖やズボンの裾が長かった。身長がすぐ伸びると見込んで大き目に作っていたのだ。靴も大きいので爪先に新聞紙を詰めた。

　私はだぶだぶのお坊ちゃんだった。足を引きずり、時々ズボンをずりあげながら父たちについて歩いた。お坊ちゃんになりきるのはむつかしかったし、なによりも足が痛かった。神戸のお坊ちゃんを少し恨んだ。

先日、話題になっている映画「少年H」を見た。神戸のお坊ちゃんは、もしかしたらH少年みたいな存在だったかも。この戦争はおかしい、と率直に思うH少年とその家族に共感しながら、私はしきりに母を思っていた。母の期待にそえなかったことを少し後悔したのである。

詩って、そこにある

リンゴ買ってきて、と言ったら、はい、承知、と言って出掛けたお母さん。なんと、帰ってくるなり、ハイ、これ、とタコを差し出しました。生きた八本足のタコです。この場合、あなたはどのように反応しますか。

お母さん、変になったと思い、大丈夫？　お母さん、とやさしくたずねますか。お母さんと自分との間に齟齬《そご》があった、と考える人もいるかも。リンゴと言ったつもりだったのに、なぜかタコとお母さんには聞こえたのかもしれません。

ここまでの反応は普通ですが、もうひとつ、大喜びする反応があってもいいですね。お母さん、やる！　と感動する反応です。リンゴがタコに変身したことを面白がるのです。

さて、以上の三つでどれが詩的でしょうか。最初の二つは、言葉は用事を伝えるものとみなしています。それは私たちの普段の言葉づかいです。普段、つまり日常生活においては、言葉は何かを伝える道具として用います。

リンゴがタコに変わった言葉の用法は、日常を超えています。言葉は用事を伝えようとしていません。リンゴからタコへ変わることで、あっという驚き、日常の意外な裂け目のようなものを示します。実はそれが詩なのではないでしょうか。

このような詩の言葉って、とても身近ですよ。

タコ
コイ
犬
塗り絵
江戸

これはしり取りですが、意味を除外し、音だけで連ねるしり取りは、用事を伝える言葉ではありません。しり取りは幼児が大好きで、始めると夢中になってしまいますが、おそらく、音だけで簡単に日常を超える快感にひたっているのです。というより、言葉を音として用い、言葉で作曲している、というのが適切でしょうか。しり取りとはもっとも詩に近い、いや、それこそ詩ですよ、という言葉なのです。

名前だって、詩に近いです。音やイメージ(風景)がいっぱい詰まっていますね。たとえば小林薫さん。林からかぐわしい木の香りが漂う感じ。河端洋介君だと、河が海に出てはるか遠く流れている気配、なんとなく大物を連想します。

私は、ねんてんと呼ばれていますが、んが二つあってそれが響く感じが好きです。腸ねんてんを連想する人もあるようですが、んの響きに詩がある、と悦にいっています。以上、ある日のねんてんさんの詩の講義でした。

年末の光景

クリスマスが近づいてきた。わが家の近所にはクリスマスの電飾を町内そろって楽しんでいるところがあり、車で見物に来る人々などもあってにぎやかだ。デパートや商店街ではクリスマス商戦がたけなわである。

クリスマスが終わると、こんどは正月の到来。デパートの福袋や初詣が待っている。と書いてくると、文字通り師走で、センセイと呼ばれる人たちも忙しく走りまわっている気がする。忘年会、お歳暮も今の時期の行事だ。

歳時記を開くと、年用意、年の市、煤掃《すす》きなどという季語があり、十二月も下旬になると殺気立つばかりに忙しくなったものだ。家じゅうの大掃除をする煤掃き（煤払いとも言う）の場合、かつては畳をあげて外に干した。畳を叩いて埃《ほこり》を出す音が響いたが、そういう光景はほとんど見かけなくなった。ちなみに、畳をはぐとその下から十円玉などが出て来ることがあり、子どものころ、それが楽しみだった。畳の下に敷いていた古新聞で古いニュースを読むのも面白かった。

ともあれ、家の構造が変化して畳が減少したということもあるが、掃除機などがよくなり、普段の掃除が行き届くようになったので、年末の行事だった煤払いが次第に目立たなくなった。季語には煤逃げとか煤湯なんてものもある。煤逃げは煤払いの日に口実を設けて外出などをすること、煤湯は煤払いの日の入浴だった。この二つの季語、今では死語に近い。

ここまで書いてカミさんに見せたら、「ちゃんと煤掃きしているわよ。一度にするんじゃなく、今日はキッチン、明日は風呂場、そして次の日は洗車というように。あなたはまったく手伝わないけどね。前の家のご主人なんか、今日、網戸を洗って干していたよ」と言われてしまった。確

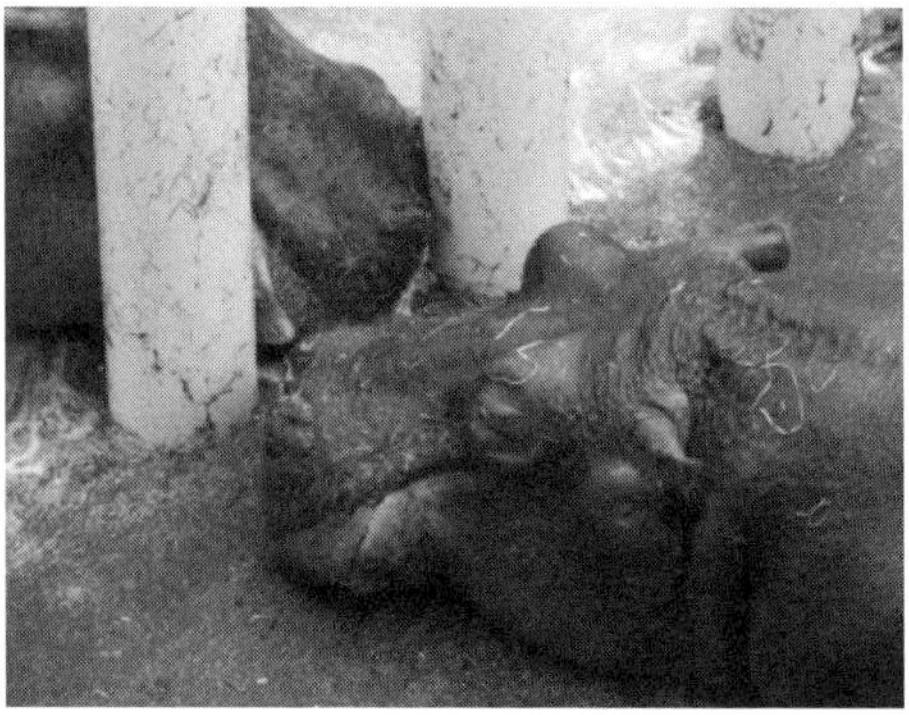
カバ２頭(鹿児島市平川動物公園)

かにカミさんは手際よく掃除をしている。でも、それは季語の煤掃きではない。手伝わない私にしても煤逃げをしているわけではない。

煤掃きや煤逃げが死語に近づいたことを私は好ましいと思っている。手伝いたくないからではない。人々が必死の形相をしなくなったこと、それが好ましいのだ。年用意の買い物にしても三十年くらい前には誰もが必死だった。人を押しのけ、全身から湯気を立てて買い物をしていた。

必死の形相は人を払いのける。それは肩肘張った自己中心的な姿勢だ。だから、必死にはならないほうがよいし、必死を口にするのもみっともない。たとえ必死の思いになったとしてもにこにことしていたい。というふうに思っている私にとって、必死が希薄になった最近の年末の光景はとってもうれしい。

手鼻の音など

梅見月、これは二月の異称である。如月《きさらぎ》とも言うが、私は具体的なイメージを喚起するウメミヅキという言い方が好き。二月が梅見月だと思うと、なんとなくそわそわする。梅見に行こう、という気になるのだ。

梅が香にのつと日の出る山路かな
手鼻かむ音さへ梅の盛りかな

右は松尾芭蕉の句。「のつと」は「ぬっと」と同じだ。梅の香りをかいでいたら、ぬっと太陽が出た。梅の枝の向こうに真っ赤な朝日が昇ったのだろう。きれいな光景だが、「のっと」という日常語がその光景に現実感をもたらしており、山路を行く人の白い息までが感じられる。
芭蕉のもう一つの句は、手鼻をかむ音でも梅の盛りには風情がある、というもの。指で鼻の穴の一方を押さえ、他方の穴から強い鼻息で鼻汁を飛ばす、それが手鼻だが、私の子どものころ、手鼻の名人のような大人がいて、道を歩きながら、ぱっ、ぴゅっと手鼻をかんでいた。鼻汁は道端へ勢いよく飛んだ。私たちもそれを真似して手鼻を飛ばそうとしたが、息の勢いが足らず、鼻先が鼻汁まみれになった。その鼻汁は指で拭くか、あるいは学生服の袖で拭いた。そのころ、正確には昭和二十年代の半ばだが、子どもたちはたいてい青い鼻汁を二本、長く垂らしていた。

なんだか汚い話になったが、芭蕉の句は手鼻の音と梅の香りを取り合わせている。汚いものときれいなもの、あるいは俗と雅(脱俗)の取り合わせだが、その取り合わせにおいて光景に活力が満ちている。きれいなだけ、汚いだけでは単調で一方的になるのだ。

梅咲いて庭中に青鮫が来ている

これは現代の俳人、金子兜太《とうた》の作だが、梅と鮫の取り合わせが意表を突く。芭蕉のあの「ぬっと」の感じを濃くすると「青鮫」になるのだろう。

実は梅花の句を作りたいと思っている。そう思って、先年来、和歌山県の南部梅林、兵庫県の綾部山梅林、奈良県の月ケ瀬梅林などに出かけた。滋賀県長浜の盆梅展にも行った。だが、俳句はうまくできない。芭蕉の手鼻の音、兜太の青鮫に匹敵するものが見つからないのだ。で、ねんてんさん、苦戦、困惑している。

というわけで、この梅見月には、とひそかに期している。うまくゆくかなあ。

「心」は禁句

心という言葉をよく耳にする。たとえばテレビで、新鮮な夏野菜をサラダにして食べたタレントが、「作った人の心がこもってますね」と言った。あるいはまた、友だち付き合いの大事さを説く大学教授が、「友情は心と心の結びつきです」と述べた。こういう場合の心って、さて？

野菜を作る人は、うまい野菜をいろいろに工夫して育てる。その育て方の一切を「心」にこめて表現したのが先のタレント。実際の育て方では土、肥料、日照などの問題があり、また採算も大事。それら一切を「心」でくるんだのだ。

大学教授の「友情は心と心の結びつきです」はどうだろうか。そもそも心とはどのようなものだろう。私の心、友だちの心、などと気軽に口にするが、私の心はどこにあり、どのようなものなのだろう。自分の本質、あるいは核心のようなものを心と呼ぶことが多いが、そもそも自分の本質とはなにか。

こころをばなににたとへん

こころはあぢさゐの花
ももいろに咲く日はあれど
うすむらさきの思ひ出ばかりはせんなくて。

これは萩原朔太郎の詩「こころ」の第一連。紫陽花には七変化の別名があり、変わりやすいものの代表だ。朔太郎は心と紫陽花に変わりやすさという共通点を見出している。

こころは二人の旅びと
されど道づれのたえて物言ふことなければ
わがこころはいつもかくさびしきなり。

「こころは二人の旅びと」という朔太郎の断定は分かる気がする。建前に従う自分と、そうではなくて本音のもう一人の自分がいる、そんな実感が私にもあるから。でも、本音の自分がどういうものかは、いつもいつもはっきりしない。「物言ふこと」がないままなのだ。朔太郎への反論めくが、物を言わないもう一人の自分って、ほんとうにいる？　いると思いこんでいるだけかも。

ややこしくなってきた。心とは考えれば考えるほどにややこしい。そのややこしさをすべて捨てて、「心」の一言で片づけてはいないだろうか。

というわけで、「心」を禁句にすることにした。「心が通う」「心が重い」「心が騒ぐ」「心が弾む」「心が乱れる」「心に残る」「心を痛める」。こうした言い方をやめるのだ。やめることで、私の心に変化が生じるかもしれない。

ぼんやり電車

ぼんやり電車を楽しんでいる。

本を読まず、スマホをいじらず、ただただぼーっとして揺られている。それがぼんやり電車だ。もっとも、時々はうつらうつらし、また思い出したかのように手帳を出して俳句などを書きつける。

以上のぼんやり電車、実は私の通勤電車である。大阪府茨木市の駅から京都までJRで通勤している。片道約三十分のこの時間が、私にとってはとても大事な時間になっている。

通勤は二十年以上続いており、若いころは車中で読書をすることが多かった。でも、次第に何もしなくなり、近年はぼんやり状態で乗っている。もちろん、読書をやめたのは眼鏡を取り出すのがめんどうくさいから。老眼鏡が必要になったのだ。つまりは老化をきたしたのだが、老化を嘆く気分はない。ぼんやり出来ることに至福感に近いものを感じている。

私が何かを思いつくのは、ほとんどがそのぼんやり電車の中。論文の着想、エッセーの話題、所属している俳句会の行事、旅の計画、食べたいものなど、ほとんどのことをぼんやりしながら考える。というより、ぼんやりしていると泉の底から水が湧くように着想が浮上する。

あっ、右の比喩はちょっとばかり格好がよすぎるかも。泉というより、実際は霧のかかった沼かもしれない。ともあれ、ぼんやりして揺られていると何かが湧いて出るのだ。例外はひどく疲れているとき。その場合はぼんやり状態に入った途端に眠っている。

実は、俳句もほとんどぼんやり電車で作る。最近の傑作(今のところ、自分で傑作と思っているだけだが)は次のバナナの句だ。

尼さんが五人一本ずつバナナ

昨年の夏、長野から大阪へ帰る特急列車でのこと。途中駅から品のよい尼さんが五人乗ってきた。すると、そのうちの一人がカバンからバナナを取り出して一本ずつ配った。尼さんたちは一本ずつ食べた。その情景、ぼんやり電車に乗るたびに蘇り、ああでもない、こうでもないと推敲《すいこう》し、ぶつぶつ口で唱え、結果として「尼さんが五人一本ずつバナナ」という句になった。バナナは夏の季語だから、この句は一応夏の句である。

先日、通勤電車の車内を眺めたが、多くはスマホをのぞいており、何人かは雑誌か本を読んでいる。膝の上でパソコンを開いている人もいる。ぼんやり派はごく少数だった。なんとなくぼんやりしている自分たち(ぼんやり派)は得をしているなあ、と思った。

東海道本線山科駅

正岡子規の子規という雅号は夏の鳥、ホトトギスを指す。子規が肺結核で病臥していたころ、徳冨蘆花が小説「不如帰《ほととぎす》」を発表、武男と浪子の悲話は、太平洋戦争が終わるころまで、一種の国民的人気を博した。

ある時、「武男と浪子、歌えます」と手を挙げた女性がいた。大阪府寝屋川市の歴史を学ぶ会における私の講演でのことだ。

小説「不如帰」では、肺結核にかかったために浪子が離縁される。当時、結核は不治の病、子どもが産めなくなるので家がつぶれる、というのが離縁の理由であった。離婚後、浪子は父に連れられて京都に旅行した。この世の見納めの旅だった。宇治の萬福寺を見学したあと、人力車で山科駅に来た浪子は、大津に出るために上りの列車に乗って出発を待っていた。その時、下りの列車が入ってきた。入れ違いに浪子の列車が動き出した。止まった列車の窓に頬杖《ほおづえ》をついている洋装の男がいた。

「まッあなた！」

「おッ浪さん！」

こは武男なりき。

車は過ぎんとす。狂せるごとく、浪子は窓の外にのび上がりて、手に持てるすみれ色のハンケチを投げつけつ。

小説のクライマックスである。武男も身を乗り出し、浪子の投げたすみれ色のハンケチを激しく振る。

さて、「一番はじめは一の宮、二は日光の東照宮」と歌いだした彼女は、「十一心願かけたなら、浪子の病も治らぬか、ごうごうごうと鳴る汽車は、武男と浪子の別れ汽車、二度と会えない汽車の窓、鳴いて血を吐くホトトギス」と歌いおさめた。会場は万雷の拍手。「この手まり歌、おばあちゃんに習いました」と彼女。その日の聴衆の中でおそらく彼女が一番若かった。私よりもうんと若い。

ホトトギスは鳴くとき、赤い喉が見えるらしい。その喉が肺結核で血を吐いているようだ、というので、ホトトギスは肺結核の代名詞のようになった。明治から昭和前半の時代は、いわばそのホトトギスの時代であった。肺結核が多くの人々を悲劇に引き込んだ。太平洋戦争後、治療薬が登場してホトトギスの悲劇が一応幕を閉じた。

ところで、二つの列車がすれ違ったのは明治二十八年六月十日。毎年、六月十日前後に、私は東海道本線の山科駅に行きたくなる。なんと、実際に何度か行った。ホームのベンチで文庫本を広げ、「人間はなぜ死ぬのでしょう！　生きたいわ！　千年も万年も生きたいわ！」と言った浪子のセリフなどを読んだ。変かなあ、こんな私は。

苦手な風

クーラーの風が苦手である。バスに乗ったときは冷房の風口をふさぐか、よそへ向ける。自分の部屋ではクーラーのすぐ下に机を置いて風をさけている。

私は車の運転が出来ないのでヒヤマさん(私の妻)の車に便乗することが多いのだが、ときどき、クーラーをめぐって衝突する。ヒヤマさんは冷房好き。強風でがんがん冷やしたいほうなのだ。

私はというと、クーラーの風にあたるとすぐに鼻水が出る。

扇風機の風も苦手である。しばらく吹かれていると気分が悪くなる。なんだか酔ったようになるのだ。扇風機の風だけでなく、窓に吹くそよ風なんかも同様だ。

　窓をあければ
風がくる、風がくる。
光つた風がふいてくる。

右は新美南吉の詩「窓」の一節。気持ちがよさそうなので、私もしばしば窓を開ける。窓辺で風に吹かれたい、と思うのだ。だが、実際に風が吹くと困惑する。だから、開けて空気の入れかえをしたら窓はすぐしめてしまう。

風に酔うのはなぜなのか。自分なりに考えた結論は、縮れ毛原因説。私は頭髪、腕などの毛がひどく縮れている。そよ風が吹くとその縮れた体毛がいっせいにそよぎ、あたかも船酔いのような現象を引き起こすのだ。

「あなたの風嫌いは、かなり主観的というか独断に近いと思うわ」とヒヤマさん。「だって、木陰の風とか、船の甲板の風、高原の風など、とても好きでしょ。ところがクーラーや扇風機、窓のそよ風は苦手というのは理屈に合わないわよ。子どものころ、小学校の廊下の風なんか、大好きだったのでしょ」。

このヒヤマさんの意見はその通りかもしれない。でも、苦手な風があるのは事実。そして、その風がどうして苦手なのか、縮れ毛原因説が正しいのかどうか、そのあたりはどうにも分からない。では、南吉のさきの詩の別の連を引こう。

窓をあければ
空がくる、空がくる。
こはくのやうな空がくる。

「こはくのやうな空」は夕焼け空であろう。この連では風が吹いていないようなので、私としても窓を開けた快い気分にひたれる。

椅子の後ろ

詩集をカバンに入れて持ち歩いている、と言えば気障《きざ》に聞こえるだろうか。聞こえたってかまわない。詩(俳句、短歌、漢詩なども含む)とは元々気障なものなのだから。

気障を『広辞苑』で見ると、「服装・態度・行動などが気取っていて、人に不快や反感を感じさせること。いやみ」とある。ここに並んでいる服装・態度・行動の後へ「言葉」を置きたい。するとその言葉は、「気取っていて、人に不快や反感を感じさせる」のだ。その言葉、しばしば詩の言葉である。

詩の言葉はきれいでロマンティック、気障ではない、という見方もあるだろう。でも、気障の要素を欠くと言葉に力がなくなる。気障な言動は常識とか約束を破る場合が多い。だから、常識の側に立っている人は不快になり反感を覚える。でも、不快ではあるがなんだか気になる、ということもある。服装でいえばニューファッション、態度や行動でいえば新世代のふるまい、言葉でいえば新しい詩や小説、それらは不快だが気になる、というものにあたるだろう。

秋陽は
ひとりが
好きなのか
誰もゐない
部屋に
窓からこつそり
はいつて来て
椅子のうしろを
あたためてゐる

これは新美南吉の詩「秋陽」。このごろ、私は『新美南吉詩集』（ハルキ文庫）をカバンに入れている。

右の詩の「秋陽」は秋の日、すなわち秋の日ざしだが、それを擬人化したところがまず気障である。しかも、その日ざしは、椅子にすわったり乗ったりするのではなく、椅子の後ろをあたた

駅の椅子

める。なぜ椅子の後ろなのか。もちろん、ここがこの詩のポイントであって、椅子の後ろをあたためることに共感できなかったら、不快か反感だけを覚えるのみにとどまるだろう。

では、南吉の詩をもう一つ引こう。「鮒《ふな》」という作品だ。

僕は
先刻《せんこく》から
菱の花の開く音だとばかり
思つてゐた
あにはからんや
君が空気を食べる
音とは

鮒を「君」と呼んでいる。それがいい大人のふるまいなのだから、とても気障である。こんな気障なことを堂々と、嬉々としてするのが詩だ。

なぜ気障なことをするのか。常識や約束を破ることが快感だから。鮒を「君」と呼んだのは、ちょっとした常識からの逸脱なのだ。椅子の後ろに注目したのも、そこが常識的には無意味というか、人が普段は意識しない場所だからである。つまり常識にそむいている。

南吉の詩を読んだ私は、わが家の居間の椅子の後ろを気にするようになっている。先日は近所の池へわざわざ鮒を見に行った。あきらかに詩は私に影響している。

人とメロン

「人とメロンは中味がわからぬ」「結婚前には目を大きくあけよ。結婚したら半分閉じよ」「貧乏だったことは恥ではない。しかし、これを恥じることは恥である」「知恵の扉は決して閉じられることはない」

これらの格言、私がときどき思い浮かべるものだ。アメリカ建国の父といわれるフランクリンが『貧しいリチャードの暦』に記したもの。フィラデルフィアの貧しい印刷工だった彼は、二十六歳の時、この格言付きの暦の出版を始めた。毎年一万部も売れるヒット商品になり、その売り上げを元手にして事業を拡大、大学、病院、図書館などを作った。凧をあげて稲妻が電気であることを証明したのは四十六歳の時、七十歳の年にはアメリカ独立宣言の起草委員に選ばれた。亡くなったのは一七九〇年、八十四歳であった。

三十歳前後のころ、私は『フランクリン自伝』を読み、彼の勤勉さに感嘆した。『貧しいリチャードの暦』を出版する前年、彼は十三の徳目を立て、それの実践につとめた。「節制」「沈黙」「規律」「決断」「倹約」「勤勉」「誠実」「正義」「節度」「清潔」「平静」「純潔」「謙譲」。彼はこれらを自分の習慣として身につけるようにつとめた。

手帳にこの徳目を並べ、毎日、できなかった徳目をチェックした。毎週、たとえば今週は「節制」の週と決め、節制が守れるようにつとめた。「節制」とは「飽きるまで食べるなかれ、酔うまで飲むなかれ」。一週間、これを徹底して習慣化しようとしたのだ。ついでにいくつか他の徳目の中身も紹介しよう。「物はすべて場所を決めて置くべし。仕事はすべて時を決めてするべし」は「規律」。「時間を無駄にするなかれ。常に何か益あることに使うべし。無用な行為はすべて断つべし」は「勤勉」。「極端を避けるべし。怒るに値すると思われる害を受けても耐えるべし」は「節度」。

以上、引用は鶴見俊輔訳『フランクリン自伝』(旺文社文庫)に拠った。私はこの本に感嘆したものの、これはとうてい自分は及ばないと諦めた。諦めはしたが、人ってすごい、「人とメロンは中味がわからぬ」と納得した。

病床でフランクリンの伝記を原書で読み、逆流と失敗を越えて「着々と成功」する彼に「何とも言われぬ面白さ」を感じた人がある。正岡子規だ。子規は一九〇一(明治三十四)年の夏、日課のようにして自伝を読んだ。一年後に亡くなる子規は、もし元気だったら幾分かでもフランクリン的に生きたい、と思ったのだろう。子規が読書に疲れた目をあげると窓の外で夕顔が揺れた。

夕顔の花にさめたる暑さかな　　子規

フランクリン的努力

数え年七十九歳のフランクリンは言う。自分が健康を保って来られたのは「節制」のおかげだし、「勤勉」と「倹約」のおかげで若くして生活が楽になり、財産や知識もできた。また、「誠実」と「正義」のおかげで国民の信頼を得た。

前回も触れたように「節制」「勤勉」「倹約」「誠実」「正義」はフランクリンが身につけようとした十三の徳目の一部だが、その徳目のすべてを守れたわけではなかった。たとえば「規律」。「規律」とは「物はすべて場所を決めて置くべし。仕事はすべて時を決めてするべし」である。彼は記憶力がよかったので、決めた場所に置かなくても不便がなかった。それで、「物はすべて場所を決めて置くべし」はついに習慣にならなかった。仕事については一日を次のように決めた。

朝、目覚めるとまず自分に問いかける。「今日はどのように善行をなすべきか」と。起きるのは五時。七時までの間に、さきの朝の問いを考え、洗顔し神に祈る。一日の仕事の計画を立て、決意を定める。現にやっている研究を続け、朝食を摂る。八時からは仕事。十二時から十三時は読書、帳簿を見ること、昼食。それから再び仕事をし、十七時には「今日一日どのような善行をしたか」を問う。十八時から整頓、夕食、音楽、娯楽、または雑談。そして一日の反省をする。就寝は二十二時。

『フランクリン自伝』を読んだ大学生のころ、私はさっそく真似をしようとし、一日の計画表を作った。フランクリンのそれよりはるかに緩やかだったが、三日ももたなかった。実は、フランクリンも「規律」を守る習慣だけは身につかなかったという。有名になればなるほど、人に会ったり会議に出たりする時間が増え、おのずと不規則になったのだ。

だが、彼は言う。「規律」を守ることはできなかったが、「努力したおかげで何もやらなかった場合に比べて、少しは人間もよくなり、仕合せにもなったのである」と。

三日にして努力を放棄した私は畏敬の目で七十九歳のフランクリンを見上げるしかない。だが、こういう人も世の中にはいたのだという思いが、私の毎朝のあんパンになっている気がする。朝食はあんパンと決め、私は三十年来食べてきた。また、河馬《かば》が好きだと言い続け、日本全国の河馬に会った。こうしたことってフランクリン的努力？　フランクリンと違って役立たないことに努力している感じだが、それは私が俳人だからかも。なにしろ俳人は廃人と同音だ。では、私の河馬の句をどうぞ。

横ずわりして水中の秋の河馬
水澄んで河馬のお尻の丸く浮く

下萌えのころ

上を向いて歩くことを心掛けている。

通りすがりの風景(岡山県児島)

そういえば、かつて坂本九の「上を向いて歩こう」という歌が大流行した。あの歌は涙がこぼれないように上を向いて歩くのだったが、私はなぜかその歌に反抗してきた気がする。涙がこぼれてもいいではないか、がまんしなくてもいいではないか、と思ってきた。その結果が、下を向いて、つまり、うつむいて歩く私の癖になった。
先日、次の短歌に出会った。

駅前の歩道のタイルの不規則を踏みつつ
今朝も学校へ行く　　早田千畝

この歌は宮崎県延岡市が主催する若山牧水青春短歌賞の今年度(二〇一五年度第十五回)の優秀賞作品。私はこの賞の選者なのだが、何かからそれる楽しさをこの歌に感じて共感した。作者は京都府福知山市の京都共栄学園中学校二年生である。早田さんとは表彰式で会ったが、前を向いてあいさつするきりっとした中学生、下向きではなかった。でも、その彼が「不規則を踏みつつ」歩くとき、私と心が重なるのではないか。そう思うとうれしかった。それで、彼と握手し写真を撮った。

さて、三月下旬の今の時期は下萌《もえ》のころである。下萌えとは大地から草の芽が生えること、その生える芽をも指す。草萌えと同義だが、私は、下萌えという言い方が好きだ。冬の枯草の下から芽が育つ、そんな語感を下萌えに感じるから。それって、下の方がうずうずするってこと？　ちょっとエッチな語感ですか、と私の若い俳句仲間は応じたが、まあ、そうかもしれない。ともかく、時は今、下萌えのころである。

あさっての空から来たか草の芽は
石蕗《つわ》の芽のもう出ているぞ海光る

これらは私の下萌えの句。足元に草の芽を見つけると、その芽はあさって（明後日）の空からやってきた気が私にはする。「石蕗の芽」、すなわちツワブキの芽は、少年時代の私にとって春の到来を告げる食材だった。私の育った四国の佐田岬半島では、普通のフキよりもツワブキの方を重んじた。というか、普通のフキはなかったのである。「つわぶきは故郷の花母の花」という句も作っているが、母とツワの芽を摘む光景、それは私の原風景ともいうべきもの。原風景とは感じたり考えたりすることの出発点の風景だ。

というわけで、わたしはやはり下向きがち、ついついうつむいて歩いている。

いそいそ

能天気の朝

先日、私たちの俳句の会では「初夏の集い」という行事を長野県の安曇野《あずみの》で行った。山麓のホテルに泊まってシンポジウムや句会を楽しんだのだが、テラスで朝食をとっていたとき、四十代のヒロユキ君が言った。

「スイスの朝みたいですね、ねんてんさん！」

雪渓の山がすぐそばにあったのだ。

「うん、うん。でも、君はスイスへ行ったことがある？　僕はまだない」

私はこんなふうに野暮に応じた。すると、彼は、「僕も行ったことはないです。でも、スイスなんですよ、これは。絶対スイスです」と断言した。すると、なんとしたことか、まわりの席から拍手が湧いたのである。私たちとは関係のない人までが拍手した。

それから数日後、朝の五時少し前にホトトギスを聞いた。五、六回鳴いて通り過ぎたのだが、私は興奮して口走った。「高原だよ、高原！　わが家は高原の家だ。まるで軽井沢だよ」と。

実は。安曇野でのシンポジウム（「高原の詩歌」がテーマだった）の際、歌人の佐佐木幸綱さんが、高原のイメージはホトトギスが鳴くこと、と発言したのだ。その佐佐木説に従うと、わが家はまさに高原の家ではないか。

たまたまやって来た娘に右の話をしたら、「お父さん、相変わらず能天気ね」と一言で片づけられてしまった。でも、夜明けの数時間だけわが家は軽井沢なのだ、ホトトギスは鳴くしケヤキの街路樹も林みたいだから、と思いこんでいる。つまり、先のヒロユキ君的発想である。

ちなみに、『広辞苑』で能天気を見たら、「軽薄で向こうみずなさま。なまいきなさま。また、物事を深く考えないさま」とあった。スイスや軽井沢を連想することは、確かに向こうみずでなまいきかも。スイスや軽井沢をよく知っている人からすれば、能天気を通り越して軽佻浮薄《けいちょうふはく》かもしれない。

でも、いいではないか。能天気は周囲を明るくする。一瞬だろうが、場を弾ませる。

実は、わが家の前の道路は車の行き来が激しい。昼間は騒音がひどくて窓を開けられないくらい。ところが、夜明けの数時間だけ車の量が急に減る。私は二階の部屋の窓を開け、その時間にこの原稿などを書く。

窓の位置はちょうど街路樹の梢の高さ。つまり、私の部屋はケヤキの若葉の上にのっている。夜明けの数時間、わが家は確かに高原の家なのだ。

風の道の朝寝

ごろんと転がる。風がすうと顔の上を通って行く。「ああ、いい気分!」と思った途端にもう眠りに落ちている。転がったまま三十分前後寝る。先日は、目覚めるとすぐそばにアリが来ていた。それで、短歌を詠んだ。

七十を過ぎた私にできるのはこの黒蟻と話すことかも
蟻たちが三々五々にやって来て七〇代のオレを見上げる

アリたちの顔が見えるとよいのだが、老眼が進んでいるのでAアリとBアリの区別がつかない。

もしかしたらアリたちは私のそばに来たのではないかもしれない。たまたま列をなして進んで来たら、私が転がっていた。アリたちにとって私は行く手をふさぐ障害物だったかも。というようなことを思いながら、アリたちに話しかけた。

「おい、どこへ向かっている？　台所の砂糖か。あれ、オレがコーヒーに入れるときにこぼした。ちゃんと始末しないとヒヤマさんに叱られるな、と思ったけど、思っただけで始末しなかった。その砂糖をねらっているのか」

ヒヤマさんは私の妻である。今まではカミさんと呼んでいたが、心機一転、この夏からヒヤマさんと呼ぶことにした。ヒヤマは筆名だが、最近はすっかり呼び慣れて、二人だけのときでもヒヤマさんと声をかけている。外で、たとえば仲間と居酒屋などに行ったとき、ヒヤマさんと呼ぶと新鮮な気がする。初めて出会った人などはヒヤマとねんてんが夫婦だとは思わない。

それはともかく、私が転がって寝たのは板張りの居間である。そこがわが家ではもっとも風がよく通る。座布団を並べて転がるのだが、次のような短歌も作った。

風の道探して廊下に寝転がる少年の日も老いたる今も

家の縁側、牛小屋の土間、学校の廊下、神社の石段……。少年の日に私が風の道を探した場所だ。小学校の廊下は風の道がことにはっきりしていた。今、わが家に長い廊下はないが、かろうじて居間に風の道が通じている。

実は、私が居間の風の道に転がったのは朝食後、すなわち午前七時半ごろである。この時間に転がることができるのはまさに退職後の特権だろう。退職して四か月、私が手に入れた余裕の最たるものがこの朝寝(?)だ。

以上のようなことを、朝寝覚めのぼんやりした頭で思っていたら、二階からとんとんと降りて来たヒヤマさんが言った。「寝すぎるとアリにひかれるわよ」。

ダガバジジンギヂ

「あのう、ダガバジジンギヂ物語、ありますか」

「調べますね、ダガバジジンギヂですね」

「はい、ダガバジジンギヂです」

電話で右のようなやり取りをした。相手は東京の古書店。やがて、在庫を調べてくれて、「ありました、ダガバジ、ありましたよ」とうれしそうな返事。語感のおかしさが互いを急に親しい気分にさせたのだった。

『ダガバジジンギヂ物語』は現在の愛媛県伊方町生まれの詩人、高橋新吉の自伝である。一九〇一年生まれのこの詩人は私と同郷、つまり郷里の先輩である。高校生のとき、私は詩人に手紙を書き、角川文庫『高橋新吉詩集』をもらっている。どんなことを書いたのかは覚えていないが、詩の好きな高校生だった私は、詩人へのあこがれを伝えたのであろう。

先の自伝によると、十代の新吉は、東京までの船賃と汽車賃だけを持って家出をした。「上野の図書館の前の便所の中にねて、夜は動物園の虎の吠《ほ》え声を聞きながら、下駄《げた》を枕にして寝た」という。図書館では「ジャン・クリストフ」、夏目漱石の「明暗」を読破したらしい。公衆便所に寝て図書館に通うなんてむちゃくちゃだが、この過激さが新吉の特色だった。やがて彼は、ヨーロッパのダダイズムを紹介した新聞記事を読み、日本で最初のダダイストになる。詩集『ダダイスト新吉の詩』を発行したのは一九二三年、二十二歳の時だった。

DADAは一切を断言し否定する
無限とか無とか　それはタバコとかコシマキとか単語とかと同音に響く

これは「断言はダダイスト」という詩の最初の二行である。高級そうで堅い無限ということばが、たとえばおばあちゃんのコシマキと同じだというこの断言は、むちゃくちゃだが痛快である。

私たちの常識を一挙に壊すのだ。『広辞苑』によると、ダダイズムとは、「既成の権威・道徳・習俗・芸術形式の一切を否定し、自発性と偶然性を尊重」する芸術運動である。そのダダイズムの実践者がダダイストだ。ダダイストだった新吉は、やがて禅に強くひかれ、晩年には禅の詩人として知られた。

留守と言え
ここには誰も居らぬと言え
五億年経《た》ったら帰って来る

右は新吉の代表作「るす」。ここ(今)と五億年をとても近く感じさせるが、過激に生きた新吉はこの独特の時空へ到達した。

さて、新吉にならうと、私の自伝はヅボウヂドジノリ物語？　ドジノリはぴったりかも。

軽慮浅謀

どんな場合でも逆(反対)を考えてみたい。たとえば暖かな小春日にはその逆の北風ぴゅうーぴゅうーの日を連想する。焼芋を食べているときにはマロングラッセを思い浮かべる。あっ、マロングラッセって焼芋の逆だろうか。

厳密さを求めないことにして、ともかく、逆というか反対の物や事態を考えるのである。そうすると、時間とか空間が濃密になる。あるいは今がとても貴重に思える。

「深謀遠慮」という四字熟語があるが、それの反対は「軽慮浅謀」、あさはかで軽はずみなことを指す。ちなみに、私のパソコンでは深謀遠慮はすぐに出るが、軽慮浅謀は出てこない。あまり使用されない言葉なので私のパソコンの文書作成ソフト(マイクロソフトのＷｏｒｄ)に組み込まれていないのだ。それでついさっき、軽慮浅謀を単語登録し、いつでも即座に使えるようにした。

さて、軽慮浅謀だが、「あの人、あさはかだなあ」とか、「まあ、なんて軽はずみな行動だろう」と言われることが、たまに必要なのではないか。いつでも深謀遠慮では肩が凝りそう。苦虫をかみつぶしたような顔になりかねない。

軽慮浅謀を生き生きと発揮した人として私が連想するのは正岡子規だ。彼は一九〇一年にロンドンに留学していた夏目漱石にあてて「僕ハモーダメニナッテシマッタ」と手紙を出した。病気がひどくて泣いてばかりいるというのだが、自分が生きているうちにもう一回手紙をくれ、と注文して、そのすぐ後に「倫敦《ロンドン》ノ焼芋ノ味ハドンナカ聞キタイ」と記した。いつ死ぬかもしれないという深刻な話題の続きにこのように書かれると、一挙に気分が晴れるではないか。急に焼芋の匂いが漂う感じだ。

子規に影響されたわけではないが、このところ私は焼芋に凝っている。ヒヤマさんに教わって無水鍋で作る。アルミ箔に包んだ芋を弱火でゆっくり焼く。小一時間もするとうまそうな匂いが家じゅうに流れて出来あがり。

先日、その焼芋を肺炎で入院している中学生の孫に届けた。あまり食欲のない孫だが、それでもふーふー吹きながら食べた。そこへやってきた若い女性の看護師が、「匂い、いいね！」と笑った。

焼芋があると、なんとなく軽く明るい気分になる。ステーキやマグロを前にしたときとはかなり違う。高級とか高価、贅沢などから遠いのだ。つまり、焼芋が漂わせるものは軽慮浅謀の快さだ。やや強引な論理だが、焼芋はほどよく軽慮浅謀である。

すき焼とトマト

父は牛肉のすき焼が大好物です。やはり、牛肉をいただいていたせいで、こんなに長生きをしたのではないかと思います。それからトマトです。これはまだ日本人がこんなに食べない頃、今から約四十年も五十年も前から、沢山いただきました。それに西洋酢をかけまして、よくすき焼のあとで食べておりました。トマトは九十五歳の今日まで、今でも毎日三度三度いただいています。

これは牧野富太郎の次女、牧野鶴代が父を回想した文章の一節。『牧野富太郎自叙伝』(講談社学術文庫)から引いた。富太郎は日本の植物の分類学的研究などを行い、『牧野日本植物図鑑』などを残した。一九四〇年初版のこの図鑑は、今、私の机上にある。

小学校中退。それ以上の学歴はなく、長く東京帝国大学の助手、講師を務めた。四十七年も勤務した帝大を辞めたのは七十八歳の時だったが、それから植物学の研究に没頭、九十二歳の年には次のように書いている。

石垣

植物が好きであるために花を見る事が何より楽しみであって厭《あ》く事を知らない。まことにもって仕合せな事だ。花に対すれば常に心が愉快でかつ美なる心情を感ずる。故に独りを楽しむ事が出来、あえて他によりすがる必要を感じない。故に仮りに世人から憎まれて一人ボッチになっても、決して寂寥《せきりょう》を覚えない。実に植物の世界は私にとっての天国でありまた極楽でもある。

九十二歳のこの当時、夜中の二時、三時くらいまでは研究に没頭していた、と先の牧野鶴代は述べている。「独りを楽しむ事が出来、あえて他によりすがる必要を感じない」という述懐のままに深夜の研究を続けていたのだ。

好きこそ物の上手、というが、その見本のような人が牧野富太郎であった。ともあれ、九十代になってもなお「独りを楽しむ」のはすごい。単純というか、やや能天気な私は、彼のそのすごさがすき焼とトマトにある気がする。私が何十年も食べているのは毎朝のあんパンだが、あんパンだけでは富太郎に完全に負けている気がする。で、カミさんに提案した。「ときどき牛肉のしゃぶしゃぶにしようよ、たとえば週に一回」。カミさん、ニヤリとして言った。「牧野富太郎に影響された？　あの人、十三人も子どもを作ってんのよ、私はいや」。

実は『牧野富太郎自叙伝』はカミさんの本。私はそれを借りて読んだのだった。ちなみに、富太郎は一九五七年に満九十四歳で他界した。

生をラブせよ。

ゆたかにねむるみどりごは、
うきよの外の夢を見て、
母のひざをば極楽の、

たまのうてなと思ふらむ。

これは北村透谷の詩「みどりご」の前半である。次が後半だ。「ひろき世界も世の人の、／心の中《うち》にはいとせまし。／ねむれみどりごいつまでも、／刺《とげ》なくひろきひざの上に。」

人々の心の世界は狭いが、母の膝の上だけは刺のないとても広い世界。その広い世界で赤ちゃんよ、いつまでも眠りなさい、と透谷はうたっている。

この詩は一八九二(明治二十五)年の作だが、この年六月、長女が生まれている。熱烈な恋愛結婚をした妻の膝で眠る長女、それがこの詩のモデルであろう。

「みどりご」という詩は赤ちゃん賛歌だが、その素朴なまでの率直さがとてもよい。赤ちゃんを詠んだ詩って、この時代にはほとんどなかったのではないか。俳句や短歌にもないだろう。

私たちは「強きラブ力をもてり」、私たちはまだ「ワンボディたらざるも」、いつでもいっしょにいるような思いがします。以上は妻となるミナさんにあてたラブレターの一節だ。今、「～力」という言葉がはやりだが、ラブ力を発揮してワンボディになる、そのような恋愛を透谷は実践した。手紙で透谷は「君よ請ふ生《せい》をラブせよ」とも言っている。やはりとても率直だ。「生」は小生、すなわち私である。

二十代の私は透谷に強く魅かれた。だが、透谷と同時代を生きた正岡子規や夏目漱石へ次第に傾斜し、私は子規などの研究家と言われるようになった。でも、透谷の率直さが大好きだし、それは子規や漱石にもある人格的な美質だと思ってきた。

透谷は一八九四(明治二十七)年五月十六日に自宅の庭で縊死《いし》した。二十五年と四か月の短い生涯だった。現実の諸問題に、繊細な神経がまいってしまったらしい。彼は詩、戯曲のほかに多くの評論を残したが、明治二十年代の日本語は和文、漢文、英語が混淆《こんこう》しており、現代の私たちにはとても難解だ。引用した透谷の手紙からもその混淆ぶりが分かるだろう。

実はこの春から、大学院の学生たちと透谷を読んでいる。私としては二十代の気分を楽しんでいるのだが、学生たちは難解な文体とバイロン、エマーソン、芭蕉、西行などが同居する透谷の思考にかなりとまどっている。それでも、「生をラブせよ」という率直さには共感している気配だ。で、ラブ力という言葉をはやらせよう、と私は彼らをあおっている。

横ずわりのカバ

「山月記」といえば、高校の国語の教科書の定番小説、とても人気が高い。その作者、中島敦に次のような漢詩がある。

悠々として独り住む別乾坤《べつけんこん》
美醜賢愚は俗論に任す
河馬《かば》の檻中《かんちゅう》　春自ら在り
団々たる屎糞《しふん》二三痕

「別乾坤」は別世界、この世とは別の世界に住む河馬にとって、美醜や賢愚はどうでもよい。それを論じるのは俗論だ。カバの檻《おり》の中はいつでもおだやかな春、丸々とした糞の跡が二、三か所、壁についている。

カバの風情はたしかに「美醜賢愚は俗論に任す」という感じである。足が短くても、腹や尻がでっかくても、そしてしっぽが糞まみれであっても気にするようすはない。ちなみに、カバはしっぽで糞をまき散らす習性がある。まき散らした糞が「団々たる屎糞二三痕」だ。

横ずわりして水中の秋の河馬

私の俳句を挙げた。つい先日、くちさがない友人が来て、「君はこのごろ、変態ちゃうか」と言った。この句を示し、「カバにまで発情している感じだよ」とニヤリとしたのだ。

「うん、うっとりしてるんだ」と私は応じて、それから水の中のカバの軽やかな動きを語り、尻をこちらに向けて横ずわりしている姿がいかにエロチックであるかを力説した。

もっとも、その力説の結果、ねんてんはカバに発情している、という思いを彼は確信したようであるが。

中島敦はカバを詠んだ短歌も残している。「わが前に巨《おほ》き河馬の尻むくつけく泰然として動かざりけり」という歌などがそれ。「むくつけく」は常識をこえている感じ。つまり、とても尻がでっかいのだ。しかもその巨大な尻は泰然としている。要するに、彼は茫然としてカバの尻に見惚れているのだ。いいなあ、こんな男！「丘のごと盛上《もりあが》る尻をかつがつも支へて立てる足の短かさ」。これも中島敦の歌である。「かつがつ」はやっと。やっと尻を支えているカバの短い足、その短足に彼はやはり見惚れている。

ちなみに、水中のカバを見る絶好の動物園は大阪の天王寺動物園。プールが広く深く、しかも水が澄んでいる。私の句のモデルはここのカバだ。

恋猫の恋する猫

「猫、恋をあまりしなくなったのかなあ。今年は静かだよ」

「屋根の上で取っ組みあったり、軒から転げ落ちたりと、猫の恋はにぎやかだよね。でも、最近は確かに静かだ。あの悩ましい鳴き声も聞こえない」

「猫たちに異変が生じたのかな。あっ、去勢手術が普及して発情しなくなったのでは。それに室内で飼われていて外へあまり出ないよね」

「なんだかさびしいな。季語「猫の恋」って、いかにも俳句らしい、と思うのだけど」

以上はある日の句会でのやりとり。猫は年に何回か発情するが、季語では「猫の恋」は早春のものと決まっている。今はまさに猫たちの恋の季節のはずだが、わが家の周辺でもあの哀切な恋猫の声がしない。

猫の恋初手から鳴きて哀れなり　　野坡
声たてぬ時が別れぞ猫の恋　　千代女

これらは江戸時代の句だが、恋する猫はその鳴き声が際立っていた。

ちなみに、和歌、連歌という雅《みやび》な詩歌では猫の恋が詠まれていない。鶯《うぐいす》、時鳥《ほととぎす》、雲雀《ひばり》のような鳴く鳥、蟋蟀《きりぎりす》、鈴虫などの鳴く虫は詠われたが、恋猫の鳴き声は無視された。その声、あまりにも俗っぽいと聞こえたのだろうか。

和歌、連歌の詠まない俗っぽいもの、それを積極的に取り上げたのが俳諧であった。俳諧は近代になると俳句と名前を変えるが、要するに猫の恋は俳句が見つけ、俳句が大事にしてきた季語なのだ。

もっとも、俳人でも眉を寄せることがあった。

恋猫となりてにはかの汚れかな　若狭男
恋をしてわが家の猫と思はれず　健水

手元の歳時記から引いたが、恋猫のあまりのはしたなさにあきれている句だ。恋猫の恋に溺れるようすはすさまじい。だが、人だって、と思わないでもない。人は恋がもつれて殺人を犯すこともあるから、もしかしたら猫以上にすさまじいだろう。

ちなみに、猫の恋の季節には、小鳥たちも恋をさえずり、人もたとえばチョコレートを贈る。猫も小鳥も人も、共に生物だが、生物にとって早春はおのずと恋する季節なのかも。

では、わが愛唱の句をどうぞ。他人の目などを気にしないこの恋猫に味方したい。

恋猫の恋する猫で押し通す　　耕衣

言葉と遊ぶ

「言葉自身が遊びたがっているところがあるように思えるんです。それに乗っかって書くと、すごくいい言葉が生まれる」。これはまど・みちおの言葉である。『どんな小さなものでもみつめていると宇宙につながっている――詩人まど・みちお100歳の言葉』(新潮社)という長い題名の本にあるのだが、遊びたがっている言葉といっしょになって遊べる人、それが詩人とか歌人、俳人であろう。実際の詩人などには遊べない人がいて、そんな人は言葉を自分の道具のようにひきずりまわす。

言葉と自然に遊べるのは、言葉を身につける時期の幼児である。幼児はしり取りや早口言葉、なぞなぞが好きだし、草や虫、おもちゃなどと会話する。言葉の意味よりも、リズムや響き、す

大津市柳が崎湖畔公園

なわち言葉の音が遊ぶ言葉の核になっている。

大人になるにつれて、人は言葉の意味を重んじるようになる。意味で遊ぶ掛詞《かけことば》や駄洒落《だじゃれ》のようなものがある。本歌取りなどという和歌の高度な遊びもある。季語を重んじる俳句は、ある意味で季語と知的に遊んでいる、と言ってよいだろう。だが、意味を核にした大人の遊びは、意味にとらわれない幼児の言葉遊びにかなわない。幼児の言葉遊びは宇宙とつながっているというか、宇宙そのものと遊んでいる感じなのだ。

そらの
しずく?

うたの
つぼみ?

目でなら
さわってもいい？

これはまど・みちおの詩「ことり」である。たとえば庭の木に来た小鳥を見上げ、「そらのしずく？」と思っている人はだれだろう。少年か少女、あるいは大人？　どちらにしても、「そらのしずく？」と思った人は幼児に近い。普通の、ごく常識的な大人はこんなことを思わない。「目でなら／さわってもいい？」なんて言われたら、「お前、馬鹿か」と一笑しそうだ。

でも、しずくやつぼみの小鳥って、実にすてきだ。目でさわるって、さらにさらにすてき。

あっ、北原白秋の詩を思い出した。「赤い鳥、小鳥、／なぜなぜ赤い。／赤い実をたべた。」（「赤い鳥小鳥」）という詩だが、この詩などは、なぞなぞ遊びでできている。意味でなく、アカイという音でなぞが解かれている。白秋も言葉と存分に遊んだ。

窓辺の朝食

朝の光がやわらかくなった。その早春の光のさす居間で朝食をとる。だいたい次のようなメニューである。「あんパン一ケ。食パン六枚切りの一枚を半分、はちみつをつけて。カマンベールチーズ一片、牛乳一杯。苺三粒」。

はちみつは日によってマーマレードなどに、苺はリンゴやミカンに変わる。

このごろ、パンを焼き、チーズ、牛乳を用意するのは私である。カミさんはくだものを用意し、後片付けをする。

先ごろ、仲間の句会で、どんな朝食をとっているのか、を調べた。夫婦二人でとっている場合、夫が朝食の用意をする、というケースが圧倒的に多かった。男たち、味噌汁の具に凝ったり、サラダ作りに工夫を凝らしているのだった。その男たち、私の年代の人である。つまり、老人たちだが、いそいそと朝食の用意をしているって、とてもすてきな光景ではないか。なかには、「私が起きたら、夫がすっかり朝食をととのえて待っています」と答えた夫人もいた。

というわけで、私もすてきな朝の男たちに仲間入りしようとしているのだ。

時は春、
日は朝《あした》、
朝は七時、
片岡に露みちて、
揚雲雀《あげひばり》なのりいで、
蝸牛《かたつむり》枝に這《は》ひ、
神、そらに知ろしめす。
すべて世は事も無し。

上田敏の訳詩集『海潮音』にある詩「春の朝」である。片岡はなだらかな丘、揚雲雀は空にとどまってさえずる雲雀、「神、そらに知ろしめす」は神が天上におられてこの世を統治されている、という意味。しり取りの感じで展開するその展開の快さが、朝七時の春の平和をうまく表現している。

もちろん、「すべて世は事も無し」ではなく、世界にはあいかわらず戦争があるし、私たちの社会も困難な諸問題を抱えている。だが、朝のひととき、「すべて世は事も無し」の至福感にひたることは大事かも。そのような小さな至福感が、私たちの暮らしを根っこのところで支えている。

朝の食卓で、右の詩を思い出し、うっとりとしていたら、カミさんの声が響いた。「また、いっぱい落としているよ。机の上で食べてよ、机の上で」。パン屑《くず》が床にこぼれていた。

カバになる

「桜散るあなたも河馬《かば》になりなさい」は私の俳句だが、ついにカバになった人が現れた。その人、昼酒に酔って歩いていて、なんとなく友といっしょに動物園へ入った。

河馬のあくびをみているうちに
こちらにも、ねむ気が来たのが
おかしくって、おかしくって
ただ笑いころげていると
友が、何がそんなにおかしいと言った

ただ、おかしいのだと言いながらも
ふっと、俺達のまわりに囲いが無い？

涙の出るあくびをしたら、「俺達のまわりに囲いが無い」気分になった。トラやオオカミ、そしてカバとの間に隔てがなくなったのだ。それは自分がカバになったから。
でも、酔いが醒めたら、やはり囲いがあって、トラもオオカミもヒツジも囲われている。すると、「俺」は次のような気分になる。

おこりたくて、おこれなくて
くやしくって、くやしくって
体中もう、プンプンのプンだ

笑ったのとはまる反対の怒りの情でいっぱいになったのだが、この怒り、よく分かるなあ。「プンプンのプン」になることが私にもしばしばある。
以上は宮内憲夫さんの詩「河馬に成る日」の一部。この詩は、「涙の出るあくびだけが、囲いを越えた」という一行で終わる。カバの前でもよおしたあくび、つまり自分がカバになったとき、この世のあらゆる囲い（地位とか差別、序列など）を越えたのだ。カバのあくびはすごい。

詩「河馬に成る日」は詩集『地球にカットバン』(思潮社)にある。この詩集、つい先日(二〇一五年)、第十七回小野十三郎賞特別賞に決まった。実は私はこの賞の選考委員の一人だが、カバになった同志が出現してとてもうれしかった。宮内さんは当年七十五歳、京都府城陽市に住む。私は「河馬になる老人が好き秋日和」とも作っている。四十歳ごろの作だが、こんど、宮内さんを誘って動物園に行きたい。二人であくびをし、昼酒を飲んでカバになるのだ。あっ、酒よりもあんパンがよい。

それにして置け

どこかへ行こう、と思っている。ホトトギスを聞きに行くのだ。

平安時代の貴族たちは、夜遅くまで起きていてホトトギスを聞いたらしいが、私の住む大阪府箕面市の市街地では、夜更かししてもホトトギスは来てくれない。たまに、年に数回だが、夜明けに鳴き声を聞くことがある。移動する途中の声が聞こえるのだ。

というわけで、待っていても仕方がないので、初夏にはホトトギスを聞きに行く。

九州の英彦山《ひこさん》は杉田久女《ひさじょ》が「谺《こだま》して山ほととぎす欲しいまま」という傑作を得た場所だ。私が仲間と英彦山に登ったのは十年くらい前で、それがホトトギスを訪ねた最初だった。

実は、英彦山に行くまで、ホトトギスの生の声を聞いたことがなかった。テッペンカケタカ、特許許可局のように聞こえるらしいとは知っていたが、まさにそのように聞こえたので感動した。以来、大山《だいせん》の高原や滋賀県の山中へホトトギスを聞きに行った。

ホトトギスというと、正岡子規の雅号である。つまり、子規という漢字はホトトギスを意味する。彼は二十一歳の初夏にこの号を用いるようになったが、ホトトギスの実物は知らず、二十六歳になって初めてホトトギスを聞いた。もっとも、その声がホトトギスかどうかはやや不確かだったので、彼は次のように詠んだ。

それでなくとそれにして置け時鳥

ホトトギスには「子規」のほかに「時鳥」「不如帰」などの字を当てる。「それでなくと」はそれでなくても、という意味だ。なんともいい加減な判定を下した句だが、この子規のおおらかさというか、ややずさんなところが私は大好き。

正確とか厳密ということはとても大事だが、それらが大事であればあるだけ、それらに反するように見える曖昧さやおおらかさ、ずさんさなども重要であろう。正確は曖昧から、厳密はずさんから生じるのだから。曖昧やずさんは草木を育てる土壌のようなものかも。ずさんな自分を弁護する感じになってきたが、ホトトギスを聞きに行くことも、そこに明確な目的や意義があるわけではない。ホトトギスを聞いたからといって、それが何かに役立つわけでもない。では、どうしてわざわざ聞きに行くのか。わざわざ行くというそのバカさ加減、その無意味さがうれしいのである。

さて、どこへ行こうか。奈良県の天川村はどうだろう。

Ⅱ　ヒマ実践中

相棒

うちのダンディ

かつてうち（わが家）の動物がいた。いわゆるペットではなく、いつのまにか住みついてすっかりなじみになっているヘビ、ヤモリ、ヒキガエル（ガマ）などだ。
先日、次の句が私たちの句会に出た。作者は私とほぼ同年代の女性であった。

細面すらりとダンディうちのへび　　梅田千種

「細面すらりとダンディ」とくると、この後に何が登場するかと期待感が高まるが、「うちのへび」ときたので句会のメンバーはややあわてた。というか、身を引いたのだ。なにしろヘビを嫌いな人が多い。

「うちのへび」にはちょっとついてゆけない、という批評に対して、千種はやや口をとがらせ、「でも、ホントにダンディなのよ。茶色い細い首をきっと立てて。みんなにも見てもらいたいわ」と言った。

そういえば、誰のエッセーだったかは不確かになっているが、小説家がヒキガエルについて書いていたのを覚えている。オクサンといっしょに外出先から帰り、家に近づいたとき、路上で子どもたちがヒキガエルをつついて遊んでいた。小説家が言う。「それ、うちのガマかもしれん。いじめないでくれ」と。後でオクサンが、「あなた、うちのガマ、なんて言わないでよ。はずかしいわよ」と抗議した。そういう話であった。

少年時代、わが家にもヒキガエルがいた。庭の植木鉢のかげなどにいて、夜に這いだしてきた。ある夜、バットの素振りをしようとはだしになって庭に降りたら、何かをぐにゃりと踏みつけた。びっくりして跳び上がったが、そのぐにゃりはうちのガマだった。

へビはしばしば蚊帳《かや》の上に落ちた。天井に青大将が住みついていて、それが天井板のすきまから落ちたのだ。夜明けごろ、便所に行くために目を覚ますと、蚊帳の真ん中が垂れ下がっていた。へビがとぐろを巻いていたのだ。もちろん、そのへビはうちの大事な、カミサマみたいな存在だったから、怖い事は怖かったが、そっと蚊帳から降ろし、天井に帰ってもらった。

今、わが家にはガマもヘビもいない。それでも、近年、ヤモリが住みついている。朝、窓のシャッターを上げると、驚いて逃げたり、時にはおおあわてで部屋に入ってくる。カミさんは「おはよう！」と明るい声をかけている。

ちなみに、わが家のヤモリは二匹。名前はハイとクである。

家庭句会

夏休みやお盆に期待している。何を期待しているか。家族が集まって家庭句会をすること。

近年、わが家ではカミさんも俳句を作る。俳句の人はしょっちゅう集まって談笑する。吟行と称してあちこちに旅もする。とても楽しそうだ。その楽しさを私も共有したい、とカミさんは俳句を始めた。

散らばって増える家族や雲の峰
ときどきはみんな集まれ大西瓜《おおすいか》

これらはカミさんの句集『おーい雲』にある句。ちなみに、カミさんは陽山《ひやま》道子と称している。俳号だが、育った村にちなむ名前である。当然ながら、私はヒヤマさんと呼んでいて、今では二人だけの時でもヒヤマさん。つい先日、朝ご飯を食べながら、これからは文章でもカミさんをやめてヒヤマさんにするよ、と私は話した。

さて、ヒヤマさんに私はもう一つの話をした。家族が集まって西瓜を切ったり花火をしたりした後でみんなで句会をしようよ、と。家庭句会の提案だった。

私の大好きな正岡子規は家庭団欒《だんらん》の夢を持っていた。晩ご飯の後、家族が集まってとりとめのない雑談をする、それが子規のあこがれた家庭団欒であった。母と妹に呼びかけ、病床の子規を囲んで何回かの家庭団欒が開かれたが、子規が期待するようには続かず、子規は不平をもらしている。あらたまって雑談することに母や妹には違和感があったのだろう。

子規の家では句会がなんども行われていた。ただ、母や妹に参加を求めなかった。彼女たちは句会を下支えする力であり、そういう役割を子規は家族に期待した。でも、それは子規のあやまりだった、と私は思っている。家族と句会をすべきだったのだ。子規が家庭団欒にあこがれたのは、それが平和で愉快なものの原点だったから。私見では家庭句会はおのずと家庭団欒を兼ねる。異世代の交流にもなる。

近年、私の若い俳句仲間は子どもを句会に伴ったり、結婚した相手を連れてきたりする。家族で句会をごく自然にしているのだが、それが俳句本来のあり方というか、俳句にもっともふさわしい風景かもしれない。俳句は書斎に閉じこもって独りで作るものではない。もちろん、実際に作るのは独りの作者だが、作ったものは句会に出し、みんなの意見を聞いて推敲《すいこう》する。それが昔からの俳句の基本であった。

さて、ヒヤマさんは裁断機で短冊をたくさん作り、菓子の空き箱二つに入れている。短冊は句会の際に俳句を書く用紙、わが家の家庭句会は用意が整った。

あくびうつして

卒業、退職。転勤、引っ越しなどで三月は別れの季節。別れといえば次の夏目漱石の句を思い浮かべる。

永き日やあくびうつして分れ行く

明治二十九年の春、漱石は、四国の松山中学から熊本の第五高等学校へ転勤した。その際に詠

わが家のカバたち

んだのがこの句。あくびをいっしょにしたら三日のいとこ、あるいは三日間の親戚だと言われている。つまり、親しいとあくびがうつるのだ。漱石のこの句はうららかな日の親しい者どうしの別れである。

ということを、あるところで話したら、「そうでしたか。漱石は松山の生活が退屈で、松山を去るときもあくびをして発《た》ったのか、と思っていました」という人がいた。漱石は友人の正岡子規への手紙で、君の生国を悪く言ってはすまんが、ここは僻地《へきち》で「師友」がなく、人々は「小理屈」を言い、「ノロマのくせに不親切」だと述べている。愛想を尽かしてあくびをして去って行った、と見る人がいても不思議はない。

でも、漱石は小理屈やノロマを結構楽しんでいたのかも。後に松山のわずか一年間だった教師生活をもとにして名作「坊っちゃん」を書くが、この小説では小理屈やノロマな人々が活躍する。それに、松山時代の漱石は、下宿に子規を迎えて五十日あまりを共に過ごし、その間に俳句を本格的に作るようになった。子規を中心にした新派の俳人になったのだが、実はあくびの句は松山の俳句仲間へ贈ったのである。

今年（二〇一四年）二月の末に一〇四歳で亡くなったまど・みちおにも「あくび」という詩がある（詩集『うめぼしリモコン』理論社）。赤ちゃん、人殺し、泥棒もあくびのときの顔つきは等しくあどけない。そのあくびが本人の意志に関係のないのはなぜか。

あの天ご自身《じしん》が
ボクらのためにやってくださっている
かぞえきれないおしごとのなかの
だいじな一つがあくびであるからなのだ
あくびにはなたばささげよう！
ひゃくまんのはくしゅと一しょに…

漱石もまど・みちおもあくびを殺していない。そればかりか、あくびをとても大事なものとして認めている。

もっとも、話し手などに失礼だという意識が働くので、話を聞いている途中に堂々とあくびをするのはむつかしい。口を手でおおってそっとするのが普通だろう。それを話し手が天の意志として受け取るかどうか。受け取る話者はきっとあくびをほとんどさせない。

おじいちゃんの家

大学の私のゼミの雰囲気、それを、祖父の家みたい、と評した学生がいる。わが家の孫たちにとっては、わが家は祖母(ばあば)の家である。

ばあちゃんち朝はクーラーつけてない

これは大阪市立三軒家西小学校四年生の高木勇桜さんの俳句。学年は作句当時だが、四年生の勇桜さんには、朝はクーラーをつけない祖母の家が新鮮だった。勇桜さんの家では朝からがんがんクーラーを効かしているのだろう。でも、朝は空気が冷えているからクーラーがなくても十分に涼しい。そういうことを祖母を通して勇桜さんは実感した。

草むしりおばあちゃんちで一仕事

右は大阪市立中野小学校六年生の松原ゆらさんの作。学年は作句当時なので、ゆらさんは今は中学生だろう。ゆらさん、勇桜さんの俳句は『子どもエコ俳句大賞入選句集』から引いた。子どもエコ俳句とは、住友生命福祉文化財団とNPO法人シニア自然大学校が共同で実施しているエコをテーマにした俳句のコンテスト、私は選者の一人である。

ゆらさんは草むしりという仕事を「おばあちゃんち」で体験した。汗まみれになるし、蚊にはさされるし、いやはや大変だったが、仕事を終えてシャワーを使ったときの爽快さ！「一仕事」って、なんと快いことだろう。

ところで、「ばあちゃんち」に祖父はいない？　祖父が祖母より早く亡くなることはありがちだが、実際には祖父もいるのではないか。草むしりの要領を教えてくれたのは祖父だったのではないか。でも、たいていの家で祖父の影は薄い。

ばあちゃんちまどをあければ大文字

大阪市立玉川小学校四年生だったときの小西汰市さんの句。これもエコ俳句だが、窓の外に大文字がある祖母の家は、なんだか特別な家という感じ。それにしても「じいちゃんち」でないのはなぜだろう。

ここには祖父たるものの大問題があるのではないか。祖母は子どもとつうつうだが、祖父はかなり疎遠。子どもから遠いのかも。私には小学生から高校生までの孫がいるが、この夏、そのうちの一人と一日の旅をしたい、と思っている。だれか応じてくれるだろうか。

四十代の女性

友だちに何人か四十代の女性がいる。もっとも、相手は、たいていがセンセイと呼ぶから、友だちと思われているかどうかは疑問である。でも、こちらは一方的に友だちと思っている。

私の場合、二人の娘が四十代なのだが、四十代の女性は生活の最前線にいる。子育てで苦闘しているし、家事もなにかと大変。働いていたら、職場と家庭の葛藤が熾烈。でも、食べること、おしゃれ、スポーツ、買い物、旅行などにどの世代よりも敏感だ。彼女たちを友だちにしない手はない。

ランチの時間の美味《うま》い店、評判の店はたいてい彼女たちで占められている。別の言い方をすれ

雨あがり

ば、四十代の女性が出入りする店だと、まずは間違いがない。四十代の女性は社会の風、時代の風に乗っている。

もっとも、時に未熟と見えることもある。胸を張り過ぎてやや高慢な女性もいるが、高慢、なまいき、うぬぼれなどはこの世代に似合う。それが、たとえば六十歳や七十歳の人の場合だと救いがたいが、四十代の女性はむしろなまいきがよい。言いたいことを言い、したいことをする、そんな果敢な四十代の女性は魅力的だ。ちなみに、同じ四十代でも男性にはさほど魅力を覚えない。女性が抱え込んでいる生活的な陰影が男性には乏しいからだろう。端的にいえば、女性の方がよいランチを選んでいる。男性はたとえばワンコインの安くて量のあるランチですましているが、その差は大きい。生活の厚みの差がそこにある。

私が勝手に友だちあつかいしている四十代の女性は、編集者や俳句を作る人、学校の教員や文学の研究者、わが家の娘などだが、彼女たちが突飛なことを言うととてもうれしい。私が予想しないこと、自分では思いつかないことを言われたとき、私はほとんどそれを受け入れる。少し違和感があっても受け入れる。

実は、違和感が大事なのだ、と思っている。少し抵抗を覚えながら相手の提案に乗る。すると、ほとんどの場合、新しい体験ができる。買い物でも旅行でも、もちろん仕事の上でも。自分が新しくなるのだ。

というわけで、私は自分の娘を含めて、四十代の女性を友だちにしている。最初に書いたように一方的に友だちにしているのだが、この関係、いつまで続くだろう。「一方的な友だち」、つまり片思い的な関係は、ほどほどに距離を取らなければいけない。そうでないとストーカーとか色情狂になりかねない。ほどほどに距離をとるには体力も気力もいるのだ。ともあれ、今、私は四十代の女性たちからもっとも刺激を受けている。

朝の音読

言葉を声に出すと体が動く。口が、舌が、そして顔が動くのだ。私などは声に合わせて手も動いている。

体が動くばかりでなく、声になった言葉は、他者を呼ぶ。たとえばこの原稿をパソコンで書いている私は、書いている途中や書き上げたとき、音読する。その際、音読する私と、それを聞く私がいる。聞く私は、読む私にとっては他者に近い。つまり、私はもう一人の自分(聞く私)に向かって読んでいる。

現在、私たちはほとんど音読しない。新聞や本を音読することは今では皆無、という人が多いのではないか。つまり、だれもが黙読しているわけだ。黙読はなによりも速いし、しかも繰り返してくわしく読める。それに相手がいらず一人ですむ。それはいかにも現代的なスピーディーな読み方だ。でも、黙読では体が動かない。他者を呼ぶこともできない。頭の中だけの孤独な読書、それが黙読であろう。

私は現在、正岡子規や松尾芭蕉を読む講座を持っている。一般の人を対象にしたいわゆる市民講座だが、講座は音読を中心にして進める。受講生は当初、「えっ、音読？　まるで小学生みたい」ととまどうが、すぐに慣れて、慣れると皆、音読が快感になる。ときには、一人が音読していたはずなのに自然にほかの人も声を出して、群読というか、音読が合唱のようになることもある。「さても義臣すぐつてこの城にこもり、功名一時の叢《くさむら》となる。国破れて山河あり、城《じょう》春にして草青みたり、と笠うち敷きて時のうつるまで泪《なみだ》を落し侍《はべ》りぬ」。これは芭蕉の『奥の細道』の一節だが、先日、ここを読むときは皆が声を合わせた。

一人で読む黙読は新しい読み方である。樋口一葉の日記を見ると、母のために新聞を読み聞かせているし、島崎藤村の小説に登場する青年たちは、本でも原稿でも音読している。正岡子規たちは、書いた文章を持ち寄り、音読してその文章を批評した。明治時代はまだ音読が普通だったのだ。教育が普及し、皆が読めるようになったこと、本や雑誌が安価になったこと、個人意識が広まって自分自身の読書の場（書斎など）を持つようになったこと、速さが要求される時代になったこと、こうした要因があって、私たちはすっかり黙読になじんだ。この約百年間に、私たちは音読から黙読に移行したのだ。

黙読にはそれなりの意義があるのだが、たとえば朝の食卓で、夫婦が黙って新聞を読んでいるのは、互いに孤独に沈んでいるようで寂しい。気になる記事、面白い記事があったら、「これ、読むよ」と言って音読する。すると、聞いた相手は必ずなんらかの反応を示す。音読は談話の場を開くのだ。というわけで、わが家では、朝ご飯の後、夫婦で音読することにした。音読を始めてまだ五日、さて、どうなるだろう。

わが家の虫

ヤモリ、カ、ナメクジ、クモ、ムカデ、アマガエル、ケムシ、ゴキブリ……。わが家にいる虫と、その仲間たちである。このうち、歓迎されているのはヤモリとアマガエル、ほかの虫は見つけしだい退治するか追っ払う。

子どものころ、もう半世紀以上も昔だが、虫はもっとたくさんいた。ハエ、ノミ、シラミ、ゲジゲジ、トカゲ、ヒキガエル、ミミズなど……。そうそう、ジョロウグモもいた。

ジョロウグモは腹に金色の筋がある大きなクモ、コガネグモとも呼ぶ。このクモは庭で飼っていた。ハエやガをとらえて餌にした。ときには煮ぼしなども与えたが、クモが実際に煮ぼしを食べたかどうかは記憶があいまいだ。

なぜジョロウグモを飼ったのか。クモ合戦をさせるためであった。五〇センチくらいの細い棒の両端にクモを置き、二匹を棒の真ん中で出会わせる。すると、二匹のクモは烈しく闘う。負けた方は棒から落ちてしまうか、相手に糸でまかれてしまう。

エッセー集『俳句の動物たち』(人文書院)を開くと、俳句仲間の富澤秀雄が徳島県で体験した少年時代のクモ合戦のことを書いていた。「三日間飼育し、四日目に対戦させる。飼育の三日間は、蠅や蝶など虫を捕らえて来て、餌にして与える」。なぜかK君のクモがいつも勝つ。それで、「あいつの親父は、医者だから、きっと何かクモに良い薬か、怪しげな注射をしてるんや」と皆で悪口を言った。負けてばかりの富澤少年は、ある時、くやしまぎれにクモの餌を絶った。すると、一日餌を与えなかったクモがK君の強いクモに快勝した。以下は富澤のエッセーの結び。「後で解った事だが、K君の母親は大の虫嫌い。だから、クモの世話が出来ず、餌もろくにやらなかったらしい。なるほど、それでヤツのクモは強かったのだ」。

クモ合戦は現在でも高知県、鹿児島県などで行われており、鹿児島県始良《あいら》市加治木のクモ合戦はことに有名だ。私の郷里は愛媛県だが、郷里の男の子たちは今でも自分のクモを飼育しているだろうか。

ところで、以上の虫たちはいずれも俳句の夏の季語。季語であるということは、俳句を作る人たちがこれらの虫を愛してきた、ということだ。季語はその言葉に対する愛、あるいは親愛の情を元にして成立している。

俳句を作る人々は、季語になっている虫たちを楽しむ。ヤモリと目があってドキッとしたらその感情を、カに頰を刺されてくやしい思いをしたら、そのくやしさを詠んで楽しむ。つまり、わが家の動物たちは楽しむ相手なのだ。

詩の醍醐味

「長生きも／芸の内、だとさ……」。口の達者な寝たきりのじいさんがつぶやく。すると、四枚目のおむつを取り替えてから、よっこらしょと「腰を二つに折って／ばあさんは／三和土《たたき》に降りる。」以上は天野忠さんの詩「芸」の話。以下は写す。

ポリバケツに
ボシャリと放り込んでから
「人によりけり」と
小さく

つぶやく。

次は「背中」という詩。背中がかゆいのでばあさんにごしごし掻いてもらう。思わず、「気もちよし、気もちよし」と声が出た。引くのはこの続き。

「わたしも掻《か》いてえ」

とばあさんが云うので

指の腹でシュッシュッとこすってやったら

うっとりした声で

「気もちよろし、気もちよろし」

と呟《つぶや》いた。

詩集『うぐいすの練習』(編集工房ノア)から引いているのだが、忠さんは一九九三年に八十四歳で他界した。この詩集は死後に出た。もう一編、引こう。「病床で／うぐいすの声を聞いた。／この春／はじめての訪問者。」と始まる「声」という詩だ。

「ホレ」

ばあさんが
ひょいと溲瓶《しびん》を見せた。
珍しく澄んでいる。

忠さんの詩が楽しいのはじいさんとばあさんの二人が登場するから。同行二人、ヤジキタ、あるいは漫才のボケとツッコミのように二人が絶妙のやりとりをする。互いに相対化し合うのだ。これがとっても大事だと思う。自分を絶対化しないから。相手との関係の中にしか自分はいない。ちなみに、互いに相対化し合うと笑いが生じ、その笑いが読者の気分をもやわらげる。そこに忠さんの詩の醍醐味《だいごみ》がある。

忠さんの詩の場合、相手はたいていばあさん（妻）だが、その相手はもう一人の自分でも、そしてカバやワニであってもよい。対話しながら生きると自己の相対化ができる。

ところで、今回は引用ばかり。忠さんが現れて言いそうだなあ。「ねんてん君、原稿料の半分、いや八割は私のものじゃないかねえ」。

よき友、三つあり。

気兼ねなくしゃべる事のできる間柄。逆に、何もしゃべらなくて、たとえば互いにベンチに座って遠くの山を十分以上も眺める関係。そんな間柄や関係の人を「友」と呼んでもいいのではないか。しゃべる時間としゃべらない時間、つまり、事の表裏、あるいは光と影を友は共有する。

その場合、べたべたするのは私の好みではない。むしろ、ほどほどに離れていることが、表裏の関係を深くも快適にもするだろう。

なんだか理屈っぽいことを言い始めたが、今、手元に吉田兼好の『徒然草』がある。その第一一七段、兼好の友をめぐる意見について考えたい、と思い、それでまずは友についての私の定義を示そう、としたのだ。

兼好は言う。「よき友、三つあり。一つには、物くるゝ友。二つには医師《くすし》。三つには、智慧ある友」(岩波文庫)。とても具体的だ。これに比べると、私の考えは抽象的かもしれない。

実は、兼好は悪い友を列挙し、そのうえで「よき友、三つ」を取り出した。悪い友の存在が三つの良い友を照らし出しているのだ。

兼好が挙げた悪い友は七つ。その第一は「高く、やんごとなき人」。第二は「若き人」。高貴な人は気づまりで付き合いが大変、若い人は未熟で味がない。第三は「病なく、身強き人」だが、健康で屈強な人は繊細さに欠けると見ているのか。第四は酒呑み、第五は豪勇の武士だが、この人たちも繊細な感受性を時に欠く。第六は嘘つき、第七は欲張りだが、これは私だって閉口だ。以上の悪い友は、やや押しつけがましいことが特色かもしれない。高貴、若さ、健康、豪勇を旗印にしている。表ばかりが目立って、裏の深さを感じさせない。

逆に、酒、嘘、欲の人は、裏ばかりが目立つと言ってもよいだろう。

では、物をくれる友や医師、智慧ある友はどうだろうか。表裏の関係が深いのだろうか。兼好が真っ先に物をくれる友を挙げたのは、理屈や理想でなく、現実的、生活的に支え合うことが大事、ということなのかも。

そういえば、医師も智慧のある友も生きてゆくうえで大いにありがたい。兼好は出家遁世を求めたが、その思想の根幹はとても現実的、生活的、つまり生きる者の基本に即していた、ということか。

その兼好に比べると、私などはかなり浮ついているだろう。黙ったまま遠くの山を茫然として眺めている、そんな関係にある人を友と思っているのだから。ともあれ、互いに黙って山を眺めたい人、この指止まれ！

弟半泣き

ネムの花があちこちで咲いているが、そのネムの花を見るたびに、「弟半泣きネムって冷たい木だな、おい」という自作を連想する。これ、私の二十代の俳句。べそをかいている弟に向かって、ネムって冷たいな、と話しかけている。

私は四人兄弟の長男である。上三人が男で、四番目が妹。男は名前に「典」の字がついている。それがまぎらわしく、私はよく弟と間違えられた。弟たちも同様の経験をしたことだろう。

そういうことがあったせいだろうか。弟たちとは常に距離を置いてきた。というか、べたべたしない兄弟がよい、と思ってきた。別の言い方をすると、互いに迷惑をかけない兄弟を理想としたのである。

もっとも、母は、私の右のような思いに反対した。兄弟は常に親しんで助け合うべき、と母は説き、「お前は冷たい」とよく言われた。三歳違いの弟は、私とは逆で、母の言い方にならうと兄弟思いであった。私が親戚との付き合いを苦手としたのに対し、彼は私の分も補って、兄弟、親戚との親密な付き合いをした。つまり、私とはある意味で対照的な弟だった。私が話下手なのに対し、彼は気軽にしゃべった。私は甘党だが彼は大の酒好きだった。

彼は、社長になる、が夢だったが、大阪に出て金属加工の仕事をし、夢をかなえて小さな会社の社長になった。何もかもうまくいっているように見えたが、去年(二〇一四年)の夏、不意に他界した。手遅れのガンであった。

互いに大阪にいながら、年に何度か電話をするくらいの淡い付き合いだった。それも、「変わりないか」「うん、そっちは」「元気だよ。じゃ、そのうちに」「分かった、では」。以上のような会話をするだけだったので、カミさんはしばしばあきれ、なんていう兄弟よ、たまにはちゃんと話をしたら、と言ったものだ。

でも、さほど話のない淡い関係こそ、私の願ってきた理想の兄弟付き合いだった。弟には物足りなかったかもしれないが、近年はそれを分かっていてくれた気がする。

弟はすぐぶらさがる夏の夕
夕焼けの窓を脱出弟は
弟は屈強の他者ギンヤンマ
兄弟は二人の他人青蜜柑《みかん》

頭突きして太るかりんも弟も

右は弟が亡くなってからの私の俳句。今にして思うと、私は弟と張り合ってきたのである。先日、空へ淡紅色を溶いているネムのこずえをあおいでいたら、不意に涙が出た。

社会コーケン

台風電力株式会社

風の話をした。というより、ビールを飲みながら、とりとめもなく風の話をしたのだ。

若い友人が言った。風が吹いているとか、逆風だとか、政治家がよく使いますね。風向きによって一国の政治が左右されるのだから、風ってすごい。

うん、と私。人だって、風に乗らないとうまくゆかないよね。仕事だって勉強だって恋だって、風に乗ると進む。

野球だって、陸上競技だって。ハンググライダーとか気球になるとまさに風と一体化するスポーツですよね。最近は風力発電もありますね。そうそう、台風で電気を起こしたらいいと思うのですよ。風速四〇メートルなどというエネルギー、電気に換えられないですかね。

送電線をどうするかだなあ。

ねんてんさん、それは古い見方ですよ。電気も無線のような状態で送ったらよいのです。空中の電気が放電すると稲光になりますよね。放電させないで台風の電気を一挙に蓄えるのです。冷凍したらいいのかなあ。

ふふふっ、電気の冷凍ですか。電池というのはその冷凍した電気の変形かもしれないね。台風の進路に電池を置いておき、それに台風の電気を蓄えたらいいかも。

台風電力株式会社を作りますか、ねんてんさん。一年に何号の台風が来たら採算がとれますかね。ともあれ、日本列島に台風が接近したころ、エネルギーをわが社がすっかりぬきとっていますから、台風はそよ風になっていますね、きっと。

そうだね、でも、風は弱めてもいいけど、雨を少し降らさないと渇水状態になるよ。

わが台風電力株式会社に水部門を設けましょうよ。飲料水とか湖沼の水、田んぼの水、河川の水から打ち水まで扱いましょう。もちろん、風部門は電力を取るほかにいろいろ風を吹かせますよ。

政治家から真っ先に注文がありそうだな。会社や進学塾などからも。圧勝の風、一万袋をくれ、とか。

えっ？　風って袋が単位ですか。

そうじゃないかなあ。風神雷神図ってあるけど、風の神はたしか大きな袋を持ってるよ。風を圧縮して袋にいれているんじゃないか。

やっぱりねんてんさんは古いなあ。さきほど電池の話になったじゃないですか。電気と同じように風電池を作ればいいです。あっ、そうなると風力自動車なんてものも誕生するなあ。やっぱり台風電力株式会社、作りましょう。風と電気の総合商社です。先生、筆頭株主になってください。

実はこのあたりで私は舟をこいでいたらしい。快い酔いの風に吹かれていたのだ。

いとしのフジツボ

倉谷うららの『フジツボ――魅惑の足まねき』という本を手にしている。この本、岩波科学ライブラリーの一冊として二〇〇九年に出た。著者は英国で海洋生物学を学んでフジツボに魅了されたという。趣味は「泥だらけになって干潟の生物観察にいそしむこと」だそうな。

数年前、書店でふと買ったのだが、以来、この本は私のひそかな愛読書、つまり机辺の書になっている。

普通に目にするフジツボは富士山のかたちをして岩や船底に付着している。そのフジツボ、実はエビやカニの仲間(甲殻類)である。

あのダーウィンは有名な進化論を発表する前、長くフジツボを研究していた。手紙に「私のいとしのフジツボ」と書いており、フジツボにいれあげていたのだ。彼の子どもたちは、顕微鏡をのぞいてフジツボの観察にいそしむダーウィンを見て育った。時には父親のフジツボの解剖を手伝ったりした。つまり、父はフジツボと暮らしていた。それがダーウィン家の日常だった。ある日、ダーウィンの子どもが近所の遊び相手に聞いたという。「君のお父さんはどの部屋でフジツボするの?」

いいなあ、この話。ダーウィンの子どもは、どの親もフジツボをいじっている(研究している)と思っていたのだが、そのように思わせる父親って、すごい。

ともあれ、この本にはフジツボに関する情報がいっぱい。たとえば、フジツボは水中で物に接着する。そのフジツボ・セメントは「夢の接着剤」として世界の研究者たちに注目されているという。血管や骨などをくっつける医療用に、あるいは水中で物をくっつけるセメントとして、開発が進められているらしい。フジツボは私たちの未来を開く存在なのだ。

少年時代、私はフジツボの仲間のカメノテをよく採った。岩間にびっしり付着していたカメノテは、鱗《うろこ》状の固いからだをしている。それを塩水でゆがいて食べたが、噛むとピューッと甘い汁が出た。肉は淡いピンク色だった。

フジツボは植物の蔓《つる》に似た脚を持っているので蔓脚《まんきゃく》類と呼ばれる。干潟でのフジツボ観察のようすを倉谷は次のように書いている。

「小さい石や貝などについている生きたフジツボたちを見つけ、(略)しずかに待つ。ほどなく、フジツボたちは殻からフサフサとした蔓脚を出し、「足まねき」をはじめる。ダーウィンも絶賛する美しいすがただ」

フジツボへ行こう。行きたい人、この指止まれ！

見上げごっこ

このところ、視線が上を向いている。道を歩きながら、大きな木に出会うと、立ち止まってついつい見上げるから。ケヤキ、クヌギ、クス、サクラ、カキなど、どの木も若芽がみずみずしい。

見上げる龍馬（京都市伏見区）

木を見上げて、「ほら、あれっ」と指をさすと、いっしょに歩いているヒヤマさんが見上げる。それから、そばを歩いていた人が立ち止まり、「なに？ なに？」という感じで見上げる。私は見上げたまま、挙げた手をゆっくりまわし、首の運動を始める。

時にだが、見上げたこずえに小鳥がいて、シジュウカラじゃないか、いや、コゲラだよ、と立ち止まって見上げた人々の話が弾む。

先日、ケヤキの道を歩いていたら、向こうから三々五々、散歩の人々がやってきた。「見上げようか」とヒヤマさんに合図したとき、こっちへ向かって歩いていた五メートルくらい前の二人連れが、「ほら、ほら」とこずえを見上げて立ち止まった。先手を取られた感じになったので、近づいて私たちも見上げた。「何かいますか」とヒヤマさんが問う。「いや、若葉の間のあの雲がなんとも白いでしょ」

とどこかのおくさん。うん、確かに白い。

私はおかしさがこみあげて、急いでそこを離れた。ヒヤマさんも笑いをこらえて離れて来た。「一本取られたね」とヒヤマさん。「うん、同じように楽しんでいる夫婦がいたんだな」。私たちはクックと笑った。振り返ると、三〇メートルくらい先で白い雲の夫婦がやはりクックと笑っていた。

「もしかしたら、あの夫婦、私たちの見上げごっこにひっかかったことがあるのかもね」とヒヤマさん。「でも、初めて見る顔だったよ。まいったなあ、雲がなんとも白いでしょ、には」と私。私たちは再びクックと笑った。

それから、ヒヤマさんがちょっと改まった口調で言った。「わたし、だんだん人品が低下してるかもね。ウソをつかない純朴な子、だったんだけど、ねんてんさんのそばにいたら、いつのまにか、いっしょにウソを楽しんでいるんだもの」。ヒヤマさんは私の妻である。ヒヤマとは彼女の俳号だが、今では互いに「ヒヤマさん」「ねんてんさん」と呼び慣わしているのだ。

さて、少し反省？　したねんてんさんとヒヤマさんは、道端の草にしゃがみこみ、キュウリグサの匂いをかいだ。この草、青い小さな花が可憐だが、キュウリの香りがするので、キュウリグサという名がついている。「何か珍しい草が生えていますか」と男性が寄ってきた。私は笑いを必死にかみ殺した。

命の芽

　このところ、日々に日暮れが遅くなる。逆に昼間の時間が長くなっているのだ。昼間の時間、あるいは雲間などから差す日光を日脚《ひあし》というが、季語では今の時期の日脚を「日脚伸《ひあしの》ぶ」と表現する。一日に畳の目一つずつ日脚が伸びるという。日脚が伸びると暖かさが次第に増す。春が確実に近づいているのだが、実際は今は寒中、一年でもっとも寒い。

　節分までが寒中だが、その寒中には寒稽古をはじめとして、寒さによって鍛えるというか、寒さを活力として取り込むことが昔から行われてきた。最近のニュースにしばしばなっているいじめとか体罰は、もしかしたらさまざまな寒中の行事にその根があるのではないだろうか。つまり、四季折々の自然に対処してきた人々のその対処の仕方に根があるのでは、と思うのである。

　たとえば、小学生時代、「子どもは風の子だ。外で遊べ」といって、休み時間にはみな教室を出て外で遊んだ。出たくない子も無理やり外へ引き出した。出たくない子はいじめられていたのかもしれない。

夏、泳げない子は波止場から突き落とされた。溺れかけると引きあげてもらったが、何度かそのようにして溺れ、必死にもがいているうちに私は泳ぎを覚えた。村の子どもたちの間では、それが泳ぎを身につける伝統であったが、今から思えば死の危険と背中合わせの体罰に近いことだったかも。溺れるだけで泳ぎが身につかない子もいたが、そんな子にとってはいじめや体罰でしかなかっただろう。

そういえば農業時代の日本には成木責め《なりき》という行事があった。小正月にその家の主人と息子が柿の木のそばに行き、主人が「成るか、成らんか。成らんと切るぞ」と鉈《なた》などで柿の木を叩いた。すると、柿の精霊になったその家の息子が「成ります、成ります。成りますからかんべんしてください」と応えた。この約束が成立すると、お神酒《みき》が柿の木に供えられた。成木とは果樹であり、その果樹を柿が代表していた。柿の木が「成ります」と約束したことで、一年間の果樹の豊作が確約されたのだ。ちなみに、「成木責め」は新年の季語。

寒さをはじめとする自然の厳しさ、それに耐え抜いて生きることがこの日本列島の人々の暮らしであった。寒稽古、私の泳ぎ、成木責めなどはまさにその耐えしのぐ具体例だったのではないか。そこにあったいじめや体罰の根っこのようなもの、それをあらためて注視したい。

さて、もう一度「日脚伸ぶ」である。厳しい自然環境の中でやさしさや命の芽のようなものに人々が気づいた、それがこの季語「日脚伸ぶ」ではないだろうか。

健康な直観

小林一茶の句に「蚊もちらりほらりこれから老いが世ぞ」がある。蚊が出始めた、自分はいよいよ老境だ、というのだが、時に一茶は五十八歳。

五十八歳の老人は何をするか。次も一茶の句である。

隙人《ひまじん》や蚊が出た出たと触れ歩く
老いぬればただ蚊を焼くをてがらかな

なんだかわびしいなあ。でも、蚊が出たと触れ歩くのも、蚊を焼いて自慢するのも、老人だからこそできることかも。働き盛りの、たとえば三十代の男がそんなことをしたら、あいつは変になった、と言われかねない。とすると、蚊に心を傾けるのは老人の一種の特権だろう。

ちなみに、「蚊を焼く」とは、蚊遣《かや》り、つまり草や木をいぶしてその煙で蚊を追っ払うことだが、実際に蚊を焼き殺すこともあったらしい。蚊帳《かや》に入った蚊を蠟燭《ろうそく》の火などで焼いたのだ。一茶の句の「蚊を焼くをてがら」もそれだろう。蚊帳の中で蚊を追いつめ、火を近づけている得意そうな老人の顔が目に浮かぶ。彼は蚊を焼く名人だ。

そういえば、最近の新聞に「蚊の絶滅方法」という記事があった。

蚊は伝染病のマラリアを媒介するが、世界では年間百五十万人以上の人がこの病気で死亡しているらしい。そこで、英国の研究チームが、遺伝子操作による蚊の絶滅方法を研究、マラリアを防ぐ手立てを発表した。すると、ネット上で侃々諤々《かんかんがくがく》の議論になった、というのがその記事。蚊の絶滅に賛成する意見もあったが、大多数の意見は、蚊の絶滅は自然界のバランスを壊す恐れがある、というもの。バランスを壊して、やがては人間に悪影響が出ることを恐れる意見だった。

要するに、蚊を絶滅させたら人間も滅ぶ、と多くの人が直観しているのだろう。これって、とても健康な直観だ、という気がする。

　　蚊の中へおっ転がしておく子かな

これも一茶。子どもを虐待しているように見えるが、実はそうではない。蚊に負けない元気な子を育てようとしているのだ。だから、次のようにも詠んでいる。

　　蚊の声に馴れてすやすや寝る子かな

ついさっき、七十歳の私は一匹の蚊を追いまわした。うまく殺せず、スプレーの殺虫剤を部屋中にまいた。そして今、かゆい腕をさすっている。蚊の対処において、残念ながら一茶に負けているようだ。

合理的と快適

朝、起きるとすぐ一階の台所へおりてお茶をいれる。百グラム千五百円の宇治の煎茶。私としてはちょっとだけぜいたくなお茶である。そのお茶をもって、二階の自分の部屋へ入り、パソコンの電源を入れる。ゆっくりとお茶を飲む。

時は午前四時。窓があかるんできた。窓を開けて小鳥の声を聞く。この原稿を書き始める。もう二十年前から朝型の暮らしになっている。早寝早起きの健康優良児(?)みたいな暮らしだ。午後九時が近づくと眠くてたまらなくなる。

若い日は典型的な夜型で、午前一時や二時に友人を訪ねたりしていた。それが朝型に変わったのは犬のせいである。シベリアンハスキーを飼い始めたら、その犬が夜明けに散歩をせがむのだ。

鳴き声が近所迷惑になるので、仕方なく散歩に出る。そういうことを繰り返しているうちにいつの間にか早寝早起きの習慣が身についた。

今、その習慣は快適である。朝のうちに原稿書きなどの用事をすませ、午後は大学で講義する。夕方は人に会ったり飲んだり。寝るまで、もうこれという仕事はしない。

もっとも、午後にちょっと眠くなる。学生の発表を聞いているときなどに睡魔が襲い、自分で膝をつねって目を覚ます。教師でありながら、学生の話を聞きながら寝るとは何事だ、と言われかねないが、つまらない発表を眠く感じるのはごく自然ではないか。学生にしても教師のつまらない話を聞くときはすやすや寝ている。

というわけで、睡魔をも楽しみながら、早寝早起きの暮らしを続けているのだが、何かが習慣化するということは、その何かが合理的で快適になることだ。たとえば通勤電車。京都へ通っている私は、必ず二両目の後ろに乗る。乗り替えが便利、しかも優先席があってたまに席を譲ってもらえる。つまり合理的に快適に乗車している。

そういえば、電車でシートにすわる姿勢も合理的で快適だ。シートにあがって正座するとか、窓に向かってすわるとかいう姿勢も可能だが、ほとんどの人はそんなすわり方をしない。前向きにすわり、左右を詰める。足も投げ出したり極端に開いたりしない。多くの人がすわれ、しかも互いに快適というのが普通の人の乗車のふるまいだ。

私はリュックを背負って乗車することが多いが、車内が込んでいるときはリュックを手に提げる。そうしないと、まわりの人々にリュックがぶつかり、車内に不快感が漂う。

合理的と快適。これがおそらく私たちの習慣の骨格というか、基調なのではないだろうか。

深謀遠慮

先日の句会の後、話題は日本の安全保障問題に及んだ。コーヒーを飲みながら七、八名が輪になって話したのだ。

「今や、日本では四人に一人は老人だよ。オレたちのこの場はオール老人だけどね」

「老人をなんとかしなくちゃ。自衛隊へ入隊させるというのはどうでしょうか」

「ああ、いいかも。六十五歳以上の老人で自衛隊をまかない、若い自衛隊員はうんと減らして、もっぱら防災対策などに当たってもらうとか」

「つまり、自衛の兵力は老人部隊がもっぱら担う、というわけか。でも、それで戦えるかな。オレたちでは戦車や戦闘機を操縦できないのではないか。常に敵に後れをとるぞ」

「いや、いつでも死んでよいと思っているから、過激な行動に走るおそれもあるわよ。モーロク状態で自制力を失ったら怖いかも」

「でも、老人がみんな過激なわけではないわ。知恵がついているし、体力が衰えているから、自分たちが戦いにむかないことがわかっている」

「それがねらい目よね。老人部隊は戦いたくないから必死で戦いを避ける工夫をするよ。政治家も老人部隊の限界が分かっているから外交などに力を入れるでしょう、きっと。最前線に立つ老人部隊は平和の象徴なのよ」

「なるほど。もし攻撃する国があったとしたら、弱者であることが分かりきっている老人を攻めたというので国際社会からごうごうと非難されるというわけか」

「老人部隊だと、武器も安そうね。戦闘機や潜水艦は扱うのが無理だからほとんどいらない。防衛予算が大幅削減になる。その費用は子どもや女性のため、あるいは難民のために使えばいいね」

「老人が自衛隊員になると、おのずと健康にもなるな。体を使って訓練するから。医療費も削減できる」

「あのう、老人はみんな自衛隊に入るわけ？」

「そうそう、強制はいけない。仕事のある老人などは仕事を続ければよい。あくまで自主的入隊だよ。世界に先駆けて六十五歳以上の国土防衛軍を設置するなんて、かっこういいなあ、オーレ！　ジャパン！」

というように盛り上がって約二時間、途中でコーヒーのお代わりをし、ケーキも食べ、自衛隊有資格者たちはとても元気なのだった。その夜、仲間の一人からメールが入った。

「そんなくだらない事を考える暇があったら、終活でもしたら、と娘が言ったわよ。若い者はあさはかね。深謀遠慮に欠けるわ」

嘘つきになろう

嘘をつく、というとすぐに連想するエピソードがある。民俗学者の柳田國男が書いている弟の話だ。

ある日、三歳の弟が、自ら志願して豆腐屋へ油揚げを買いに行った。味噌こしを提げて戻ってきたが、油揚げの端がちょっと欠けていた。いい香りがするし、うまそうだし、弟は帰り道でついついかじってしまったのだ。で、途中でネズミが走って来て、味噌こしに飛び込んでかじって

牡丹のつぼみ

行った、と言い訳をした。明治時代半ばの話だが、その当時、いたずらをするのはたいていネズミと決まっていた。

さて、柳田は言う。この話を聞いた母親は、たいてい笑いたくなるだろう。でも、思慮深い母親は笑うのをためらう傾向がある。そのためらいは嘘の鑑賞法の退歩を示している。母親は自分の自然の感情のままに存分に笑うのがよい。そうすると、子どもは、人を笑わせる愉快を感じ、明るくて元気がよく、そして想像力に富む子に育つだろう。

嘘を受けとめて明るく笑う。そういう態度を柳田は勧めているのだが、弟のネズミの話を聞いたとき、彼の母親は、おかしそうに笑い、「快くこの幼児にだまされて、彼のいたいけな最初の智慧の冒険を、成功させて遣《や》った」。この母親、日ごろは口やかましい人だったらしい。

「最初の智慧の冒険」という言い方がとてもすてきだ。幼児はある年齢になると嘘をつく力を発揮する。それが知恵の冒険。ところが、近代の母親は、「そんな分かりきった嘘をついてはダメ。嘘つきは泥棒の始まりよ」ととがめる。だが、とがめてはいけない、と柳田は言っているのだ。

なぜか。嘘は知恵の冒険であり、想像力の発揮、そして私たちの日々を明るく楽しくする力であるから。柳田は嘘の退歩した現象をとらえて「不幸なる芸術」という言い方をしている。嘘を欠くことは芸術にとって不幸だ、という次第。

右で挙げた柳田の言葉は『不幸なる芸術』（一九五三年）という本から引いたが、柳田はこの本で、以前は村々には評判のウソツキという老人などが、大抵は一人ずつ住んでいた、と言っている。オレが若いころには、と語り出すその老人の話は、嘘だと分かりきっていたが、それでも、人々は嘘を承知で話をねだった。聴衆に嘘を鑑賞する能力があったのだ。

さて、現在、私たちの嘘を鑑賞する能力はどの程度だろうか。幼児は知恵の冒険をし、老人たちは嘘つき老人になっているだろうか。幼児はさておき、五人に一人が老人の世だから、その老人が嘘をつかないと、とてもとても暗い。というか、活力を失ってしまう。

ともあれ、嘘を見事につく老人になりたい。

七十歳の植樹

先日、小説家の玄月さんと公開の対談をした。その際、彼の芥川賞受賞作「蔭の棲みか」について、ちょっと文句をつけた。この小説、ソバンという老人が主人公なのだが、佐伯さんというボランティア活動をしている女性が、「気力体力がすっかり衰える七十」という言い方をしている。

「玄月さん、これはないよ。体力はともかく気力の充実した七十歳は多いと思うなあ」

一九六五年生まれの玄月さんは頭を掻いて、「その小説を書いたころは、七十歳って、まあそんなものかと。えらく年上というか、老人に見えたから」と困ったように笑った。目の前の私は、当年七十歳なのだ。

私の文句は玄月さんをとがめるものではなく、会場の雰囲気をなごやかにするのがねらいだった。七十歳以上の方々がかなりおり、その方々が、「うんうん、そうだ」とうなずいてくれたら、対談に参加している雰囲気が会場全体に広がると思ったのだ。実際に、うなずく人が多くて、一挙になごやかなムードに変わった。七十歳がおおらかに許容する、そんなムードになったのだ。

実は私だって、三十代や四十代のとき、いや五十代のときだって、七十歳はすごい老人だと思っていた。というか、七十歳の自分の像がまったくなかった。七十歳は予想外だった。

七十　猶《な》お樹を栽《う》う
傍人　痴《ち》を笑う莫《な》かれ
古来　死有りと雖《いえど》も
好在《こうざい》　先知《せんち》せず

右は中国は清代の詩人、袁枚《えんばい》（一七一六〜九七年）の詩。一海知義さんの本『漢詩逍遥』（藤原書店）に出ている。「傍人」はそばにいる人、「好在」は幸いにも、「先知」は先に知ること。詩の内容は以下のようなものであろう。七十歳になってなおも木を植えているが、おろかな行為だと笑わないでくれ。だって、死はいつ来るか、いつでも分からないじゃないか。

明日死ぬか、七十歳からさらに二十年生きるか、そういうことは確かに分からない。だから、袁枚はなおも木を植えた。ちなみに、木を植えて十二年後に袁枚は亡くなった。

七十歳にもなると、未来の時間は限られている。でも、未来へ向かって育つ木を植えること、あるいはそれに類する行為をなすことはできる。未来に何かを託す、そういうことが七十歳にはまだできるのだ。玄月さんには言わなかったが、若い日の私には、七十歳が予想外であると同時に、木を植えるという発想や行為もなかった。

悠然と転がる

ある市民講座で、蕪村の句をみなで読んでいる。今の自分の感性で読み、それを発表するのだ。その発表をもとにしてわいわいと議論をするが、その議論が楽しい。ついつい蕪村と同じ時代にいるような気になる。

春の海ひねもすのたりのたりかな

よく知られた蕪村句だが、この句の人物(句の主人公)は一日中海を見ている感じだ。のたりのたりした単調で平和な春の海を一日中眺めるのはかなり変。よほど暇なのかなあ、としゃべった人があった。確かにこの句の主人公は、のたりのたりと寄せる波を眺めている。うつらうつらしながら、自分も波のリズムに同調しているかのようだ。

ここから話が弾んだ。蕪村の句はどれも時間がゆったりだね、朝からゆったりだよ、と次の句を挙げた人があった。

うぐいすや家内揃うて飯時分《めしじぶん》

鶯の声を聞きながら家族が揃ってごはんを食べている光景だ。この句を持ちだした人は、私のうちなんか、ついぞこんなことはなかったなあ、家族は出勤とか登校に時間を気にしてあわただしく食べた、と言った。そして、今は夫婦二人だけど「家内揃うて」と言うには家族が少なすぎますね、と笑った。すると別の人が、老夫婦向きの蕪村の句があるよ、と言って次の句を示した。

うたた寝のさむれば春の日くれたり

「さむれば」は目が覚めればということ。うん、これはわが身のことだ、とたいていの人がうなずいた。わびしくはなく、「春の日くれたり」という言い方からは満足感が伝わってくる。たっぷりとした春の宵闇が満ちている。

蕪村の時代、社会は低成長であった。日本は長く鎖国が続いており、人口も四千万人前後で推移していたという。その人口の少ない低成長の社会って、もしかしたら今の日本が向かっている社会に近いのだろうか。

ともあれ、蕪村の句を読んでいると気分がゆったりしてくる。有名な「菜の花や月は東に日は西に」の句にしても、菜の花畑の真ん中にあおむけに寝転がっている感じ。もちろん、月と太陽の下に悠然と転がっている。

秘密兵器

カミさんは力持ち

琵琶湖畔の道の駅で米一〇キロと野菜を買った。カミさんが代金を払ったので、私は蕪《かぶ》と葱《ねぎ》の入った袋を提げ、「じゃ、車に行ってるよ」と歩き出した。「ひゃっ！」と声があがり、「今の人、ご主人でしょ」という声がした。私が米をカミさんに任せたのでびっくりしているのだ。カミさんの声が背後でした。「あの人、今、膝を痛めているのです」。

カミさんが米を軽々と抱えてやってきた。わが家では車を運転するのもカミさんだ。車を発車させたカミさんは、「膝が悪いので米を持てない、と言ってあげたよ」と笑った。

重いものはカミさんが持つ。力仕事はカミさんがする。これがわれら夫婦の役割分担である。

私は、たとえばお茶のペットボトルの蓋が開けられないときがある。堅く閉まり過ぎているときだ。そんなとき、そばにカミさんがいたら、さっと開けてくれる。私は力のないへなちょこなのだ。

「なのだ」と言うと、威張っているみたいだが、ほんとうに力がない。私は両手がいっしょに動く。右の手に力を入れると、おのずと左にも力が入る。一方だけに力を入れるということが出来ない。右手で物を捧げ左では提げる、なんてことはとうてい不可能だ。右手で頭を掻いたら、腰のあたりにあった左手は自然に腰を掻いている。私に力がないのは、もしかしたらこの奇妙な両手のせいかもしれない。

というわけで、結婚してからずっと、力仕事はカミさんの担当になった。二人で外出するとき、重い荷物を持つのはいつもカミさんである。

時々、誤解する人がいて、「ねんてんさん、いいなあ。荷物も持たず、奥さんに大事にされて」と言われる。大事にされているかどうかはともかくとして、力持ちでてきぱきしているのはカミさん、私は後をついて行くのだ。

スーパーへ
夫婦で行く。

お一人さま一本かぎりの
特価売出しの醬油瓶二本
じいさんが持たされる。男だから。

これは京都の詩人、天野忠(一九〇九〜九三年)の詩「買物」の冒頭だが、われら夫婦には「男だから」というセリフはない。私は醬油瓶を提げたカミさんの後をティッシュ数箱を提げてついてゆく。

「だんだん瓶が重たくなってくる。／一本ずつにして／だまって歩く」。これが先の詩の結びである。カミさんと私には歴然たる力の差があるから、一本ずつにすることはない。自動販売機の前で、「お茶買おうか」とカミさんに言うくらい。もちろん、力持ちへ敬意をこめて。

ひげは生える

先日、ひげを剃《そ》りながら、そういえばひげ剃りの詩があったなあ、たしか室生犀星の詩だ、と思った。それで、犀星の次の詩を探し当てた。「ひげ」という詩である。

ひげはいくら剃つても生えて来る。
六十年剃つても　まだ生えて来る。
生きてゐて絶えることを知らない。
けふこそ　叮嚀《てぃねぃ》に剃らう、
きのふよりもゆつくり念を入れて。
それは毎日の思ひだ。
思ひははかなく続く
だがひげは生えて来る。
山にある草よりも早く。

新潮文庫の『室生犀星詩集』から引いたが、最後の行がおかしい。ここを読むと、ひげの生える顔をまるで山であるかのように感じる。

それはともかく、山の草は年に一回しか生えないが、ひげは毎日生える。私も五十年くらいひげを剃ってきたが、ほぼ毎朝剃った。ところが、この春から剃る回数が減っている。家に居る日はひげ剃りをさぼるようになったのだ。つまり、退職後の一つの変化がひげ剃りに現れたのであ

よその家の庭

る。

三日くらいひげをためて、すなわち無精ひげを剃るのだが、それはとっても気持ちがよい。ひげの下から自分の素顔が出てくる感じが快いのだ。シワやシミだらけの顔がそんなにいいのか、と言われそうな気がするが、ゴミをぬぐうというか、顔をきちんと整理する感じがあるのだ。で、私は今、無精ひげ剃りにはまっている。

今、ふと思い出したが、私の父は日本剃刀《かみそり》を使っていた。ひげを剃る前にその剃刀の刃を皮のベルトで研いだ。しゅっしゅっと音を立てて研いだ。それがかっこうよくて、自分も大人になったら父のように剃刀を研ごう、と思った。

ところが、私は西洋式の安全剃刀を使ってきた。父にあこがれたことをすっかり忘れていたのだ。もっとも、父を思い出したとはいえ、これから日本剃刀を使うのはとうてい無理であろう。父は器用だったが、私はとても不器用、日本剃刀を使うと顔中が血まみれになりかねない。

私の頭髪はもじゃもじゃで白い。眉毛も真っ白である。鼻の下や顎のひげも、剃らないで放置したら真っ白なのかもしれない。ひげ剃りをやめて、一度ひげたちの自由にしてやろうか。うん、それはいい考えのような気がする。今から準備をすればサンタクロースになれるかも。さて、どうだろうか。

小春日和

島崎藤村の「千曲川のスケッチ」を読んでいたら、秋から冬になるころの小春日和は「最も心地の好い時の一つ」とあった。藤村はまた次のようにも言っている。日の当たるところはまぶしいくらい、でも日陰に入るととても寒い、その「暖かさと寒さとの混じ合ったのが、楽しい小春日和だ」。

小春は陰暦十月の異称、その小春のよく晴れた穏やかな日和が小春日和である。まるで春のような日和なのでこの名がついている。昨日からその陰暦十月になった。十二月十日までが陰暦十月なので、これからしばしば小春日和が出現するはず。

藤村の小春日和は信州の小諸あたりのそれだが、夏目漱石の小説「門」には、「垣に雀の鳴く小春日和になった」という表現がある。これは東京の小春日和だ。雀も小春日和の明るさと暖かさを喜んでいる。

「門」の主人公、宗助は底に穴のあいた靴を履いて役所へ出勤している。雨の日には穴から水がしみる。それだけに小春日和になって彼はほっとしている。その宗助同様に、小春日和にはたいていの人がほっとするのかも。

俳句歳時記を見ていたら、「家中の溝に蠟《ろう》塗る小春かな」(真鍋呉夫)という句があった。作者は一九二〇年生まれの小説家、俳人。この句は句集『定本雪女』(邑書林句集文庫)に出ているのだが、小春に溝に蠟を塗るのは冬の備えなのだろうか。つまり、小春の暖かな日を選んで冬支度をしているのか。

そういえば、小学校の一年生のとき、クラスの皆で蠟を塗った。教室の戸の溝に塗ってすべりをよくしたのだが、私たちは余った蠟を教室の床にも塗った。学校は木造、床ももちろん木であった。ふだんは皆で雑巾がけをしていた床だが、蠟を塗ったらまるで氷のリンクのようになった。私たちは上履きですいすい滑った。

さて、授業開始の鐘がなり、先生が教室に入ってきた。すっと戸が開き、先生はにこりとして、「蠟がよく効いているね」と私たちの蠟塗り作業をほめた。その途端、つまり、足を教室に踏み入れた途端、先生はひゅっとすべって尻もちをついた。床の蠟に足を取られたのだ。

それは私たちの予期していない出来事だった。だから声も出ず、転んだ先生を息をのんで見つめていた。先生は尻をはたきながら立ち上がり、「並べ！　みんな」と命令した。私たちは壁にそって並んだ。先生は手にしたスリッパで私たちの頭を次々にたたいた。

クラスの全員がたたかれたが、その後のことは覚えていない。ただ、二十代だった女先生のよい匂いを今でも思い出す。教室には小春の日ざしが満ちていた。

頃合いの荷物

ベッドで本を読む習慣だ。仰向けになって両手で本を持って読む。眠くなると本を自然に落としている。眼鏡をかけたまま眠りに入るのだが、私より遅れて寝《しん》につくカミさんが本を拾い、眼鏡をはずしてくれる。

その寝る前の読書の際、肩が寒いのでパジャマの上にベストを着る。昔はかいまきという夜着があった。薄く綿を入れた木綿の寝具で袖がついていた。どてらに似ていたらしいが、パジャマにベストは私流のかいまきというところか。

先日、そのベストをカミさんが洗濯した。まだ十分に乾いてなく、ベストなしで寝たら、というカミさんの言に従った。ところが、うまく寝つかれない。うとうとしたかと思うと、肩口がすうすうして目が覚める。その繰り返しが続き、いらいらしてきて、とうとうがまんが出来なくなり、まだ少し湿っぽいベストを着用した。たちまち眠りに落ちた。

幼児は、たとえば愛用のタオルをかかえて寝る。かなり古くなってすりきれているようなタオルであっても、それがないと安心できない。幼児のそのようなタオルやおもちゃをたしかおしゃぶりと呼ぶが、ベストは私のおしゃぶりになっているのだろうか。もしかしたら、私は無意識のうちに幼児化している？

ところで、私がこのところ読んでいるのはプラトンの『国家』である。プラトンを読んでいると書くと、すごい読書だ、と思う人がいそうだが、実は数ページを読むと本を落としている。プラトンの前には江戸川乱歩を読んでいた。乱歩は読みだしたら止まらず、ついつい夜更かしをしてしまう。それで、乱歩は週末の夜更かし可能の日の読書にまわし、平日はしばらくプラトンにしたのである。要するに、乱歩もプラトンも睡眠剤みたいなものだ。

睡眠剤ではあるが、時々、思いがけない言葉に出会ってはっとすることがある。『国家』ではケパロスという老人の言葉に出会った。ケパロスによると、老齢を嘆く老人が多いが、老齢が可能にするものもまた多い。たとえば性欲。若い頃の激しい欲望から逃れることができ、その結果として休息と自由を得るではないか、と彼は言う。ケパロスはソクラテスに向かって話すのだが、ソクラテスさん、老齢だって頃合いの荷物というところです、というくだりに私ははっとした。頃合いとは手ごろなとか、ちょうどよいという意味。老齢を頃合いの荷物と自覚するとき、それまでになかった休息と自由を老齢はもたらすのだ。紀元前の昔、古代ギリシャの老人が口にした「頃合いの荷物」(山本光雄訳)という言葉が気にいって、その夜はことに早く本を落としたのであった。

宝の尿瓶

『一茶俳句集』(岩波文庫)を読んでいたら次の俳句に出合った。

春の渚

きりぎりす尿瓶《しびん》のおともほそる夜ぞ
はつ雪に一《いち》の宝の尿瓶かな

小林一茶は尿瓶(溲瓶とも書く)を使っていたようだが、「きりぎりす」の句は数えの五十四歳の作。二年前にやっと結婚した一茶は、いわば新婚の日々を送っていた。キリギリスが鳴く秋の夜、尿瓶に受ける尿の細い音を聞くと、一茶は老いを痛感したのだろう。「はつ雪に」の句は、これからの雪の季節には尿瓶が宝物だ、という意味。

キリギリスや初雪と取り合わせられた尿瓶は、キリギリスの音を立てているし、初雪の清らかな感じでもある。尿瓶は汚い、というイメージではない。きれいな尿瓶、それが一茶の尿瓶かも。

去年の春先、私は膀胱《ぼうこう》の手術を受けた。小さな腫《しゅ》瘍《よう》が見つかり、それを摘出したのである。さいわい悪性の腫瘍ではなかったのだが、その際、何度か膀胱のようすを見せてもらった。驚いたのは、まるで浅瀬か泉の底のようだったこと。尿が出るようすは砂を押し上げて水が滲み出る感じなのだ。私はその膀胱の風景に陶然とした。自分の体内にきれいな浅瀬や泉がある、という感じは実に新鮮だった。

ところで、尿瓶だが、それを愛用し人にも使用を勧めている俳人がいる。一茶論を何冊も書いている一茶好きの金子兜太《とうた》だ。一九一九年生まれの兜太は、現代の長老俳人だが、旅には尿瓶を携帯し、講演などでも尿瓶を掲げてその使用を奨励する。兜太の話を聞いていると、長寿の秘訣が尿瓶にある、という気になる。

春闌《た》けて尿瓶親しと告げわたる
ぽしゃぽしゃと尿瓶を洗う地上かな

「春闌けて」はすっかり春になって、という意味。冬から春になる不順な時期を尿瓶で乗り切った、などと人に話しているのだろう。「ぽしゃぽしゃ」の句は、地上の音として尿瓶を洗う音だけを取り上げたもの。その音、谷川や浅瀬、泉などの音と通じているのだろう。

えっ？　ねんてんも尿瓶愛好者か、って。まだ使ってはいないが、尿瓶の音に親近感というか、淡いあこがれを抱いている。

杖の魔法

中村草田男に「あたたかき十一月もすみにけり」という句がある。一九三六年に出た句集『長子』に出ているが、今年の私の十一月も草田男の句のように終わろうとしている。

あたたかい十一月、私はあちこちに出かけた。宿泊したのは新潟市、松山市、長野県信濃町と長野市、日帰りは法隆寺、丹波市、宇治市など。俳句などにかかわる用事があっての旅だったが、気分のどこかに遊び心があった。時間にあくせくしないで行動できたのだ。三月末に定年退職した私に、やっと退職者らしい気分がともない始めた、という感じだった。

たとえば新潟への旅。見附市で講演をし、その夜は一人で新潟市の駅前に泊まった。翌日は會津八一記念館をたっぷり見学し、ランチをビルの高層階のレストランでとった。よく晴れた日、すなわちすてきな小春日和で、窓からは佐渡島が見えた。目の前で肉を焼いてくれる五千円のランチは私にはめったにないぜいたく。

というわけで、ちょっとした王様気分になったのだが、実は魔法の杖を携えていた。十月半ばに足をくじき、その痛みが膝に残っていた。階段の上り下りがややつらく、それで杖を買ったのだ。この杖、ものすごい力を発揮する。バスに乗ると席を譲られるし、運転手が「ゆっくり降りてください」と声をかけてくれた。行く先々で、まわりの人のやさしいまなざしを感じた。ランチをとったレストランでも、若い女性の店員が、「そこに段差があります」とか、「お荷物、こちらで預かります」とか、こまごまと気を配ってくれた。

その日、新潟の空港で帰りの便を待っていたとき、ふと反省し、杖を折り畳んでリュックにしまった。杖の魔法にかかってはいけない、と反省したのだ。妙なもので、杖をつくと、ついつい杖に頼る。杖に体を預けて歩く。杖がもたらす人々の厚意にも慣れてしまう。そうしたことへの警戒感がふと生じ、それで杖を畳んだのであった。

もちろん、杖をどうしても必要とする人がいる。私にしても、膝がさらに悪化すると杖を離せなくなるかもしれない。でも、今はまだ、杖無しでもなんとかなる。だから、杖の魔法を出来るだけ遠ざけよう、と私は思った。

物語に登場する魔法使いや仙人は杖を持っている。山岳修験者や四国八十八か所を巡る人々も杖を携えている。杖には古来、身を支える以上の不思議な力があるのだ。音楽の指揮者の指揮棒も、もしかしたら魔力を持つ杖の変形？

というようなことを考えて、杖に対してやや慎重な気分になった。新潟から伊丹空港に杖無しで戻った私は、空港の展望レストランで夕食のカレーライスを食べた。

シルバーカーの男

折り畳みのできるスマートな乳母車がはやっているようだが、私は頑丈で大きな乳母車を押した。二人の子を乗せ、公園や堤防を走りに走った。まだ自動車を持っておらず、乳母車を押して何キロも走ったのである。桜吹雪の中などでは子も親も歓声をあげた。

母よ——
淡くかなしきもののふるなり
紫陽花《あじさい》いろのもののふるなり
はてしなき並樹《なみき》のかげを
そうそうと風のふくなり

右は三好達治の詩「乳母車」の一節だが、並木の道を私の乳母車もよく走った。ちなみに、今の若い父親、たとえばイクメンと呼ばれる人に比べると、私の子育てへの参加は乏しい。カミさんにまかせきり、という感じであった。その点、おおいに反省しているのだが、乳母車だけは人一倍押したのである。もっとも、それは子育てというより、自分自身の鬱憤晴らし、あるいはストレスの解放だったかも。スピードを出して走ると、子どもが喜んだが、なによりも私自身が痛快だった。

ところで、足腰の弱った女性たちは手押し車を使っている。乳母車ならぬババグルマだな、と若い友人は少し馬鹿にした言い方をしたが、むしろシルバーカーと呼ぶべきか。私はそのシルバーカーにひそかに注目している。

乳母車の時代が過ぎると、車輪のついたキャリーバッグの活躍が増える。働く人々はキャリーバッグをひいて動きまわる。やがてそのキャリーバッグの時代も終わる。そしてやってくるのはシルバーカーの時代だ。

それにしても、シルバーカーを押しているのはもっぱら女性である。男はなぜ押さないのだろう。大きな理由は買い物を女性に任せているからだろう。シルバーカーは買い物車でもある。

足腰が弱るのは男も同様だ。とすると、男もシルバーカーを押してもいいのではないか。介護の仕事に関わっているわが家の娘によると、足腰が弱った男は外出をしなくなる傾向がある、という。メンツのようなものがあって、シルバーカーを押してまで外出したくない、ということだろうか。

でも、そんなメンツはきれいさっぱり捨てたい。シルバーカーを押した老人たちが電車に乗る。そして、動物園や映画館にでかける。そういう風景が日常化したらいいなあ。わたしもそのうちシルバーカーの男になろう。

軽井沢タイム

カミさんがテーブルと椅子二脚を買ってきた。自分でそれを組み立てながら、「この椅子にすわって読みたいの」と言う。

翌朝、パン、牛乳、夏みかん、そして新聞を持ってそのテーブルと椅子へ。テーブルは庭というには気がひける、まさに猫の額の庭に置いているのだ。この猫の額には鉢植えの草花がびっしり、柿も梅も楓《かえで》もある。メダカの鉢も二つ。それらの鉢類を片寄せてすき間を作り、老夫婦の朝食の場所が作られた。

実は、すぐ前の道路の車の量が急増し、昼間は窓も開けられないくらい。でも、午前六時台だとまだ騒音というほどではない。「で、ね。ここで朝食を、と思いついたわけよ。木陰でパンを食べコーヒーを飲み、そして新聞や本を読む、いいじゃない?」とカミさん。「うん、今はまだ蚊もいないし。軽井沢みたいやなあ」と私。カミさんがあわてて、「軽井沢みたい、なんて大きな声で言わないで」ととがめる。前の道路とは生け垣で隔たっているものの、その気になれば見えるし声も聞こえるのだ。ともあれ、朝のつかの間、私たちは軽井沢気分である。

カミさんが音読する。「私は、いちにちに一回は、心のなかで富山湾を背にして黒部川の上流に向かって立ち、深い峡谷がそこで終わって扇状の豊かな田園地帯が始まるところに架けられた愛本橋《あいもと》の赤いアーチを思い描く」。

カミさんが手にしているのは宮本輝さんの小説『田園発　港行き自転車』(集英社)である。「この愛本橋に立ってみたいわね。黒部川の川べりにはゴミを捨てる人はいないのですって。清流に架かった赤い愛本橋に立つと、雪の光る立山連峰が見えるのかしら」。

そういえば、宮本さんは夏を軽井沢で過ごすのだった、と思いながら、私も宮本さんの本を手にした。『田園発　港行き自転車』は上下二巻からなる長編小説である。「下巻のカバー、夜の愛本橋だよ。満月が赤い橋を照らしている。そっちは?」と私。「上巻の絵は昼間の風景よ。赤いアーチの橋に向かって主人公が自転車で走っている」とカミさん。

カミさんが先に読み、後から私がその宮本さんの小説を読む、という約束ができて、その日の朝食、つまり私たちの軽井沢タイムは終了した。

以上の話、恥ずかしいから書かないでよ、とカミさんに釘をさされていた。でも、書いてしまった。老人夫婦のままごとみたいで、たしかにちょっと恥ずかしいかも。でも、私たちに猫の額の軽井沢(この言い方、猫が怒るだろうか)ができたのは、朝食のときに新聞や本を音読することを始めたから。つまり、音読にもっともふさわしい場所として私たちの軽井沢が出現したのだ。

ああ、やっぱり恥ずかしい。

一羽の白い鳥

リュックとウエストポーチを新しくした。ちょっと奮発して、吉田カバンの揃いの製品を買ったのだ。

紺色でシンプル、リュックを背負うとすこしおしゃれ気分になる。もっとも、まだだれも「おやっ、おしゃれだね」と言ってくれない。それがやや不満だが、誰が一番先に気づいてくれるか、それが目下の楽しみだ。

リュックには、ビニールシート、文房具、Ｋｏｂｏ（電子書籍リーダー）、カメラ、小型のノート、手紙セットが入っている。ポーチには小銭入れとスマホ。以上が常備品で、日によって、あんパン、お茶などを用意する。

このリュックを背負って、ひょいと出かけ、たとえば小さな漁港の防波堤の突端にビニールシートを敷いてすわる。お茶を一口飲み、カメラを取り出して撮影する。うんと暖かいと、そのままそこに仰向けにころがる。ぽっこり浮いた雲を見ながら、少年時代、船長になりたかったことなどを思いだす。うとうとして、ふと気づいたら、知らない少年が隣にすわっている。スケッチブックを手にした少年だ。

少年はスケッチブックを開いて水平線を描く。そして近景に漁船とカモメたちを。横目でその絵を見た私は、口の中でつぶやく。

白鳥《しらとり》はかなしからずや空の青海のあをにも染まずただよふ

若山牧水の歌である。この歌を覚えたのは小学校の五年か六年のころだった。以来、自分自身を一羽の白い鳥と思ってきた。孤独になったときなど、この歌を口ずさむと勇気のようなものが回復した。一羽の白い鳥として、私は今、七十一歳になっているのだ。

でも、七十一歳の白い鳥は、さすがにおかしいかも。今にも落ちそうによろよろと飛んでいる感じだし、白かった羽根は薄汚れている。現実の見た目はその通りなのだが、でも、ちょっとだけ気障《きざ》になることは何歳になっても必要なのだ。というか、ちょっとした気障は、私たちの心の姿勢を正してくれる。心の背筋がのび、心身に張りが生じる。

別荘、ヨット、高級外車、ダイヤモンド、ブランド物の衣服や靴、香水。これらも人を気障にさせる定番だ。ゴルフ、世界一周旅行、歌舞伎や能、オペラ、クラシックのコンサートなども。これらによって、人々は白鳥になる。

私は吉田カバンのリュックとポーチによって一羽の白い春の鳥になる。鳥になってどこかの漁港の突堤にいる少年に会いに行くのだ。さあ、行こう。

おたのしみ

断固、ロールキャベツ！

このところ、ロールキャベツに気が向いている。

去年の春、初めてロールキャベツを作った。近所にいる小学生の孫といっしょに何か料理をしようと思いつき、ロールキャベツに挑んだのだ。そのことをエッセーに書いたら、「その後、ロールキャベツの腕はあがりましたか」とか、「ねんてん流ロールキャベツのコツを教えてください」という人が現れた。いかにも上手にでき、とてもうまかったと思わせる書き方をエッセーでしていたのだ。

そこで、小学三年生の孫娘を相手に再度の挑戦となった。春キャベツを買ってきて、芯を包丁でえぐりとり、それをそのまま大鍋でゆでた。あっ、その前に、ニンジン、セロリ、タマネギをみじん切りにし、塩、黒コショウを入れてバターでいためた。合びきの肉に合わせる具である。この具、トマトケチャップを入れて合びき肉とまぜた。

キャベツの葉に肉を包む作業は楽しい。キャベツの葉は大小さまざまだから、その葉に合わせると、大きい物から小さな物まで、さまざまなかたちのロールキャベツができる。大きさやかたちを一定にしないこと、これが実は私と孫のロールキャベツの特色だ。

さて、今回のロールキャベツは、ちょっと薄味だった。「上品でいい味だよ」と家族の評判はよかったが、トマトケチャップと塩の量が足りなかったかも。それに、煮る時間を短縮したのがまずかった。水だけで煮たのだが、煮汁がまだたくさん残っていたのに、待ち切れずに食べてしまった。水気の多いまま食べたのだ。

それから数日後、あるデパートの総菜売り場でロールキャベツが目についたので買ってきた。見かけはきれいだが、キャベツは堅く、肉にも細かな味わいがない。なんだ、デパ地下のロールキャベツって、この程度か、という気分になった。

そこで、孫娘に提案し、さらにロールキャベツに挑むことにした。「やわらかいキャベツを探して時間をたっぷりかけて作ろう」と私が言ったら、「うん、ニンジンもたくさん入れよう」と小学三年生。私たちの呼吸は合っている。

インターネットで検索すると、三千を超すロールキャベツのレシピがあった。キャベツに肉を包んで煮込むのが原型だが、味の付け方に洋風、和風があり、包む肉の種類、その肉に合わせる具などが実にさまざま。ロールキャベツはなかなか奥深い。

小学三年生が言った。「でもね、ジージはどうしてロールキャベツばっかりなの？　たこ焼きだっておいしいのに」。彼女はほんとうはたこ焼きが作りたいらしい。でも、ロールキャベツでなくてはならない。断固、ロールキャベツ！

サツマイモと牛乳

「サツマイモと牛乳」。この取り合わせから何を連想するだろうか。

実はこれ、私の大好きなサツマイモの食べ方である。無水鍋を使って焼きイモを作り、それをやや深い皿に入れてつぶす。そして沸かした牛乳をひたひたに注いで混ぜる。ほんとうは山羊《やぎ》の乳がいいのだが、それは手に入らないので今ではもっぱら牛乳だ。このサツマイモの牛乳かけ、イモと牛乳の微妙な調和がなんともいえない。

私は四国の佐田岬半島の中ほどで育った。子どものころ、その半島の主要産物はサツマイモと麦だった。秋のいまごろはイモ掘りの時期で、小・中学校は一週間くらいの農繁休暇になった。子どももイモ掘りを手伝ったのである。

男の子の手伝いは、キンマ(木橇《きぞり》)にイモを詰めた俵を乗せ、畑から家まで運ぶことだった。キンマに何俵積めるか、が腕の見せ所であった。途中に急な坂道が何か所かあり、そこをキンマを前から押さえて降りることも腕の見せ所だった。下手をすると、キンマの重量に負け、キンマは勝手に滑り落ち、積んだ俵を放りだしてしまうのだった。

そんな農繁休暇の昼食は畑でとった。お茶を沸かし、木の枝で箸を作った。畑の縁で家族が丸くなって食べる弁当はうまかった。麦めしに香の物、そして鰯の丸干しくらいの弁当だが、鰯の丸干しを焼いて、できたばかりの焼きイモといっしょに食べるのはことにうまかった。

そのころのサツマイモは確か農林2号とかいうイモであった。今の、たとえば鳴門金時と比べると、味はずいぶん劣っていたと思う。そんなイモであったから、鰯の丸干しや山羊の乳が味を引き立てたのかもしれない。私のイモの牛乳かけを見て、カミさんや娘がときどき真似するが、お父さんが言うほどにはうまくない、むしろイモだけを食べるほうがイモらしい、と彼女たちは冷めた感想をもらす。きっとその通りなのだろう。でも、サツマイモの季節には、私はやはりイモに牛乳をかけたくなる。

あれは確か、民俗学者の宮本常一の意見だったと思うが、江戸時代、サツマイモが作られるようになって人口が急増した。半島などの耕作条件の厳しいところでもイモができ、人々はイモを食べて生きるようになった。つまり、私の祖先などはまさにイモを食べて半島に暮らしたのだ。とすると、私はサツマイモ族というか、サツマイモのおかげでこの世に生まれた、と言えそう。イモさまさまである。そんな気持ちで、イモに熱い牛乳をかけると、その鼻をうつ香りにもう十分にシアワセになる。

もくたろう先生

大学の研究室に来た学生に、時々お茶をふるまう。学生は意外に緊張するが、緊張しながらもいつにない喜びの表情を浮かべる。私のお茶はまったくの自己流、作法もなにもないのだが、とても快く談笑の場を開いてくれる。

実はこのお茶、もくたろう先生の真似である。大学院の学生時代、先生の研究室を訪ねると、先生はかしゃかしゃとお茶をたててくださった。作法を知らない私はどぎまぎしながらお菓子とお茶をいただいたが、自分が一人前に扱われているようなその場の感じがうれしかった。私の学生も、かつての私と同じような気分になっているのだろうか。

もくたろう先生は国崎望久太郎。立命館大学、園田学園女子大学で教え、一九八九年に七十九歳で他界した。石川啄木などの研究で知られたが、歌人でもあり、歌集『秋雪』がある。

うしろよりもくたろう先生と呼ぶ子ありまさしく我を呼びし声かも

七十六歳、女子大に勤めていた先生の歌だが、その頃、私もその大学に勤めていた。もくたろう先生の晩年、私は若い同僚になったのだ。ちなみに、先生は、若い友人とか若い仲間という言い方を好まれた。実際の私は先生の弟子だったが、学問上の若い友人、と先生は呼ばれたのだ。そのような言い方を通して相手と同じ地平に立つ先生に、私はずっとあこがれてきた。

老いぬれば妻にしたがはず真夜中にウイスキーの氷塊崩るる音す

『秋雪』を読み直していてこの歌を見つけた。先生は酒と煙草を愛されたが、酒を控えるように妻に注意されていたのだろう。だが、年を取ったのでもう妻には従わない、妻に逆らって深夜のウイスキーを楽しんでいるのだ。自分が氷塊に化したような陶然とした気分で。

私はこれを書きながら、ウイスキーの水割りを飲んでいる。今、なんとなくいい気分になってきて、もくたろう先生が眼前におられる感じだ。近年の私は晩酌にウイスキーの水割り一、二杯を飲むのだが、これももくたろう先生の影響だろうか。そういえば、私はいつからか、ねんてん先生と呼ばれている。

さて、何を捨てよう

節分が近づいた。スーパーやコンビニに行くと豆まきのセットのようなものを売っている。丸かじりする巻きずしの予約受付中という宣伝も盛んだ。

わが家も一応、「福は内、鬼は外」と声をかけて豆をまく。子どもが家にいたころは、年齢の数だけの豆を食べておもしろがったが、さすがにそれはやめた。私が鬼の面をかぶって鬼になったのもはるかな昔だ。今は豆まきと、巻きずし一本をカミさんと分け合うささやかな節分である。

民俗学的な見方では、豆をまくのは豆にけがれや厄を移して捨てるのである。そしてその豆を異界からきた鬼が持っていってくれる。豆まきには豆で鬼を退治している感じがあるが、鬼の役目は人間の厄を持ち去ることなのだ。

京都府亀岡市で

折口信夫によると、大阪の子どもたちは、節分の夜、よその家の軒へ悪い癖を売りに行ったらしい。歯ぎしりとか枕をはずす癖など。軒先で「歯ぎしり、いりませんか」と小さな声でつぶやく。すると、誰かが来たと思ってその家の人が返事をする。返事があったら、「売った！」と叫んで逃げた。

折口がこの話を書いているのは、「春立つ鬼」というエッセーにおいて。これは昭和十三年に「俳句研究」(改造社)という雑誌に載った。折口が子どものころといえば、明治も半ばのころだが、癖売りはいつごろまであったのだろう。今もどこかに残っているのだろうか。

そういえば、四国の佐田岬半島で過ごした子どものころ、私も厄落としをした。近くの辻へ紙に包んだ豆を落としたのである。大人も厄を落としたが、昔はその厄落としの翌朝、辻にはふんどしや腰巻が落ちていたらしい。そういうものにも厄を移して捨てた。それにしても、癖を捨てるのではなく癖を売るところは、いかにも商いの町・大阪の子どもだという気がする。

さて、今年の節分では何を捨てようか。膝の痛みとか肥満などの身体的なやっかい、政治への不満、たまりすぎている本、早口や早食い、ついつい甘いものに手を出す癖……。捨てるべきものは多いが、でも、これらはもはや捨てることが不能というか、すっかり身についた習いになっている。捨ててはいけないのかもしれない。

悪癖とか悪習と見えるもの、そういうものをすべて捨てたら、清潔、高潔になるだろう。だが、なんとも味気ないのではないか。ねんてんは弁当を早食いする、しかもこぼしながら食べる。最中を出されたら、一個ではがまんできずについつい二個目に手をのばす。それがねんてんであって、行儀正しくゆったり弁当をつかい、最中には目もくれないねんてんなんてどうしようもない。そんなねんてんは豆に移して捨てよう。

移動する朝食

朝食を楽しんでいる。あちこちで食べるのだ。

先日は田んぼの中の作業小屋の前で食べた。もちろん、その作業小屋は他人のものだが、小屋の前の朝日の当たっているコンクリートに腰をおろし、コンビニで買ってきたコーヒーとパンの朝食をとった。空ではヒバリがさえずっていた。

いい気分で食べていたら、男性がやってきて、「なにしてはるの？」とやや怪訝《けげん》そうに声をかけた。「朝ご飯、食べてます。ここ、ほどよく乾いているし、眺めもいいから借りてます」とヒヤマさん。「朝めしですか。ほう」。男性は作業小屋の横手に回ってシャッターを上げ始めた。小屋の持ち主だったのだ。「よそへ行こうか」「いいんじゃない。のけとは言わなかったし」。私たちはこそこそしゃべって、二人だけの朝食を続けた。

またの日は公園で食べた。シーソーに乗って、コンビニのおにぎりを食べた。サラダも買ってきた。寺の境内、溜池の畦《あぜ》、墓地のベンチ……。日々に移動しながら、朝食を楽しんでいたら、季節はいつか花から葉の候になり、若葉がとてもきれいになった。で、このところは、道端のカラスノエンドウのそば、柿若葉の下などで食べた。メニューはコンビニのパンやおにぎり、サラダなど。

軽井沢で食べる朝もある。「今朝は軽井沢にしようか」と声を掛け合って、猫の額の庭に出て食べるのだ。庭にはニトリで買ってきたテーブルと二脚の椅子がある。垣根の若葉に囲まれたその椅子にすわると、街路樹のケヤキの若葉が頭上に広がり、小さな庭がまるで軽井沢の森の中の感じになる。

あっ、この話はしてはいけないのだった。以前、庭が軽井沢みたい、と書いたとき、ヒヤマさんが注意したのだ。「あなた、庭を軽井沢と呼ぶのは、いくら何でも恥ずかしいわ。二人だけの話、っていうものもあるのよ」。ヒヤマさんの方が私よりもいつも理性的だ。

では、詩をひとつ引こう。上田敏の訳詩集『海潮音』にある「春の朝」。ブラウニングの短詩だ。

時は春、
日は朝《あした》、
朝は七時、
片岡に露みちて、

揚雲雀《あげひばり》なのりいで、
蝸牛《かたつむり》枝に這ひ、
神、そらに知ろしめす。
すべて世は事も無し。

「そらに知ろしめす」は神が空（天上）におられてこの世界を治めている、という意味。この詩、春の朝の小さな幸福感を表現している。今年（二〇一六年）の春は熊本、大分に地震が発生、たくさんの被災者が出ている。「すべて世は事も無し」ではとうていないが、でも、被災者の朝にも、ヒバリがさえずり、カタツムリが這ってほしい。もちろん、朝食も楽しんでほしい。

君とつるりん

いつのころからか初夏にはビワの句を作るようになった。
四十代の初めに出した句集『猫の木』には「あちこちの友も胃を病みびわうれる」「びわうれ

風船たち

る血を吐く犬がうずくまり」がある。胃潰瘍が一種の持病で、ビワの熟れる梅雨のころにしばしば発症した。それで、ビワと胃潰瘍を取り合わせて句にしたのだろう。

びわ熟れる古代の水の光りつつ
びわは水人間も水びわ食べる

右は四十代の終わりごろの作。ビワが私にとって魅力的な存在になってきたことが分かる。ビワを通して古代の感触というか、原始的な生命を感じるようになってきた。そのころから、私は和歌山県や淡路島へビワを食べに行くようになった。ことに淡路島へはほぼ毎年、ビワを買いに行く。

次はビワとすっかり親しくなった五十代の句。

枇杷《びわ》抱いて老人一人市内バス

枇杷好きは好色なんだ枇杷たわわ
びわ熟れて釘とか父とかぼろぼろに
びわ熟れてテレビから出る葬の列

ビワが私の日常を伝える具体物になっている。ところが、六十代になるとビワの句がまた変化した。

友情がまだある枇杷がころがって
びわ熟れる土星にいとこある感じ

ビワがとても大事な存在というか、私の日常と少しずれたところで豊かに熟れている。私はすっかりビワ好きになったのだ。そして、昨年、六十代の終わりに次の句ができた。

びわ食べて君とつるりんしたいなあ

ビワを食べると光沢のある種がつるりんと出る。それがこの句を発想したきっかけだが、「つるりん」の読みをめぐってはや物議をかもしている。ビワの種の瑞々《みずみず》しさから清潔な性愛を感じる人がいる。そうかと思うと、すっぽんぽんのエロ俳句だ、と見る人もいる。もちろん、どのように読まれてもいいのである。私としては「君とつるりんしたいなあ」と思いながら七十代を過ごしたい。

海の琴を聞こう

時々、ほんとうに時々で、年に二、三回のことだが、海辺に行きたくなる。水平線を眺め、波に足をひたし、防波堤か砂浜に腰をおろしてぼんやりしたい。ぼんやりしていると、少しほっとする。海辺の村で幼少期を過ごしたからだろうか。

春の岬旅のをはりの鷗《かもめ》どり
浮きつつ遠くなりにけるかも

これは三好達治の詩集『測量船』（一九三〇年）の冒頭にある作品。形式は短歌だが、二行の詩として掲載されている。いつこの詩を覚えたのか、それはもうはっきりしないが、おそらく中学生か高校生のころだろう。そのころ、海の見える屋根の上、あるいは防波堤の突端でよく詩を音読した。この達治の詩を読むと、私が一羽の鷗になって波間に漂う気分になった。

若山牧水の次の歌もそのころからずっと愛唱している。

白鳥《しらとり》はかなしからずや空の青海のあをにも染まずただよふ

空が真っ青な日は海も真っ青。そして鷗はいよいよ真っ白。浮いている鷗の沖を九州へ向かう大きな船が過ぎてゆく。私の村は四国の佐田岬半島の中ほどにあり、今は伊方原子力発電所で知られる。発電所は瀬戸内海側に、私の村は太平洋側にある。

春の海ひねもすのたりのたりかな

これは与謝蕪村の俳句。おだやか春の日、海はまさにのたりのたりしていた。その凪《なぎ》をべた凪と呼んだが、海面がべたっとしていたからだろうか。

あっ、思い出した。島崎藤村の詩集『若菜集』（一八九七年）に「潮音」という詩がある。べた凪の春によく音読した。

わきてながるる／やほじほの
そこにいざよふ／うみの琴

しらべもふかし／ももかはの
よろづのなみを／よびあつめ
ときみちくれば／うららかに
とほくきこゆる／はるのしほのね

では、海辺へ行って海の琴を聞くとしよう。

家庭の快楽

「家庭の快楽といふことといくらいふても分らず」。正岡子規が日記（『仰臥漫録《ぎょうがまんろく》』）にこのように書きつけたのは一九〇一（明治三十四）年九月四日。当時の子規はカリエスが悪化し、寝たきりの重病人であった。飲食、読書や執筆、用便などの一切を寝たまま行っていた。

朝　雑炊《ぞうすい》三椀　佃煮《つくだに》　梅干

牛乳一合ココア入　菓子パン二個
昼　鰹《かつお》のさしみ　粥《かゆ》三椀　みそ汁　佃煮　梨二つ　葡萄《ぶどう》酒一杯
間食　芋坂《いもさか》団子を買来《きた》らしむ（これに付悶着あり）
あん付三本焼一本を食ふ　麦湯一杯
塩煎餅《せんべい》三枚　茶一碗
晩　粥三椀　なまり節《ぶし》　キャベツのひたし物　梨一つ

右はその日に彼が食べたもの。「牛乳一合ココア入」はほぼ毎朝飲んだ。子規の気に入りの飲料だ。菓子パンとさしみ、果物も大の好物。これらもほぼ毎日食べている。

冒頭で触れた家庭の快楽云々は間食の悶着に関わる。この当時の子規は、家庭の快楽をしきりに求めていた。たとえば、病人の枕元に家族が集まり、団子を食べながら雑談をする。その雑談のひとときに子規の言う家庭の快楽があった。

ところが、子規の家族（母と妹）はなかなかそのことを理解してくれない。ある日、子規は「団子が食いたいな」とつぶやいた。団子を食べながら一家団欒《だんらん》のひとときを持ちたいと思ったのだ。ところが、妹は団子を買いに行こうとしない。洗濯などで忙しかったのであろう。子規は腹を立て、お前は病人に対する同情がない、「同感同情のなき木石の如き女」だとなじったらしい。さらには、お前はカナリヤの籠の前には一時間でも二時間でもいるが、病人の前には少しも居ようとしない、と不満をぶっつけた。

子規の言い分はとても勝手だが、でも、家庭の快楽を切望する気持ちは痛いほど分かる。母や妹も実は十分に分かっていた。子規の好物を取り合わせて日々の食事を用意する、そのことだけからでも、病人への深い同感同情を覚える。

だが、勝手というか、わがままを言ってみたいのだ。微妙な言い方になるが、わがままが言えることもまた家庭の快楽だった。ちなみに、子規はこの日記の別の日に、妹がいなければ、自分はほとんど生きておられない、と述べている。

ともあれ、その九月四日、窓の外には糸瓜《へちま》が見えた。子規はたちまち一句を詠んだ。

物思ふ窓にぶらりと糸瓜哉

寅さんとウルトラマン

熟柿《じゅくし》を小鉢に入れてつぶす。そこへはったい粉を入れ、竹箸がおれるほど、柿とはったい粉をかきまぜる。すると餅のように固くなってくる。それを団子にして食べる。味はまるで和風チョコレート。あるいは落雁《らくがん》のようであり羊羹《ようかん》のようでもある。

以上は小説家の水上勉が書いている柿の食べ方。「私の母は大四郎《だいしろう》柿と呼んだ、先のとがった柿をとっておいてつくってくれた。あれは、貧しい母たちが考えたものだろう。母があぐらをかいて、力いっぱいこねるのを、子供は、つばをごくりと飲み込みながら見ていた」。

「柿の木」というエッセーに書かれているのだが、この柿の団子、うまそうではないか。

大四郎という柿は京都の代表的な渋柿だが、ところによって江戸柿とか百目柿とも呼ばれる大ぶりの柿だ。

柿ふたつしあわせの夜寒かな　　水上勉

この句の「柿ふたつ」は柿団子にする熟柿だろう。

実は、今年はまだ柿を食べていない。胃の摘出手術を受けたため、まだ柿のような生物《なまもの》を食べるわけにはいかないのだ。昨年(二〇一二年)の秋、私は柿好きが昂《こう》じて柿尽くしのエッセー集『柿日和――喰う、詠む、登る』(岩波書店)を出した。水上勉の柿団子もその本で紹介しているのだが、そろそろ柿団子にして柿を食べてもいいかな、と思っている。柿団子だと胃のない腹に無理がないのではないか、と思う次第。

時は折しも柿日和の候である。たわわに熟れた柿の実が木のまわりの空気を柿色に染める上天気、実におだやかなその天気を、季語では柿日和と呼ぶ。柿日和の日には、たとえば男は寅さんになったりする。

柿日和寅さんみたいに男ぶる　　陽山道子

この句の主人公は、道端の柿の木に登って、連れのみんなのために柿をもいだのかも。「ほら、投げるよ。これ、いい柿だよ」と調子よく盗っていたら、枝が折れてどさっと落ちてしまった。男は尻の痛さをこらえて講釈する。「母親によく言われたもんだよ。柿の木に登ると落ちる、と。下手したら死ぬよ、と。柿の木は堅いだけに逆に枝が折れやすい。幸い俺は死にはしなかったけど、みんなは気をつけろよ」。

では、もう一句、柿が食べたくなる句を引こう。

柿食べてウルトラマンの母になる　鈴木みのり

もちろん、男だとウルトラマンの父になる。

春隣

好きな言葉がいくつかある。その一つが春隣。ハルトナリ、あるいはハルドナリと読む。春がすぐ近くまできているという意味であり、立春が近いころ、春隣の気分になる。ちなみに、今年（二〇一六年）の立春は二月四日、今の時期がまさに春隣だ。

春隣は季語になっていて、季語の中でも人気が高い。ほぼ同じ意味の季語に「日脚伸ぶ」があり、こちらも人気の季語だ。日脚伸ぶとは、冬が終わりに近づいて昼間の時間が次第に長くなることを言う。

春隣、日脚伸ぶに当たるふだんの言葉は「春が近い」であろうか。「もう春が近いね」とは日常的な会話だが、そんな会話の際、「まさに春隣だね」とか「日脚が伸びたよ」と言ってみたらどうだろう。ふだん（日常）とはちょっと違う気分や関係が生じるかも。

春隣を好きな言葉だと述べたが、若いころはそれほどでもなかった。年を取るにつれて次第に好きになったのだが、季節にかかわる言葉に対しては、たいていの人が私と同様かもしれない。若いころは、ある意味で季節などはどうでもよかった。暑さも寒さも体力でしのいだ。それが若い、あるいは青春ということだった。季節を気にする若者なんてものは、若年寄りみたいでやや変だ。

季節を気にするようになるのは、体力で大自然に立ち向かえなくなったときであろう。その時、人は俳句を作り、ガーデニングに興味を持ち、家庭菜園に凝る。健康のためにスポーツジムに通ったり、散歩をしたりするのもその時期だ。

つまり、体力が衰えたとき、人は自分の外にある大自然のリズムや生命力に気づく。四季に合わせて、あるいは四季を支えにして生き始める。季語を一つの核にする俳句の作者は、圧倒的多数が中年以上の人だが、それには右に述べたような理由があった。俳句は季節を支えにする人の文芸なのだ。いや、俳句だけでなく、詩や音楽、美術でも、ほんとうは季節と深くかかわっている。

季節のなかに、黙って身をさらし、

ただに、日々の季候を読む。

詩の仕事は、農耕の仕事と同じだ。


右は長田弘の詩「夏、秋、冬、そして春」(『最後の詩集』みすず書房)の一節。季節は私たちの感受性をはぐくむ畑、その畑を耕すのが詩人なのだ、と長田は言っている。自己弁護的な言い方になるが、体力が衰えたとき、人は深く季節を耕すのではないか。

ともあれ、春隣という言葉が好き。この言葉を口にすると、風がきらきら光り、木の芽がむくむく動く。私の心身のどこかで小さな窓が開く。

旅先の海辺で

「あなた、河童《かっぱ》ですか」「ええ、河童です」

海を見ながら右のようなやり取りをした。これだけだと、私は河童のようだが、泳げますか、と聞かれて、泳げますよ、と応じたのである。

私は一応泳げる。平泳ぎもクロールもバタフライもできるがすべて我流の泳ぎである。小学校の三年か四年のころ、泳げるようになったが、見よう見まねの泳ぎだった。先輩に海に突き落とされ、あっぷあっぷしているうちに泳げるようになった。友人もみなそのようにして泳ぎを身につけた。まだプールのない時代であり、学校で泳ぎを教わるなんてことはなかった。

梅雨が明けて海の季節が始まるころ、私たちは胡瓜《きゅうり》のヘタを持って海へ行った。今でいう海開きが行われたのだが、胡瓜のヘタを海に投げ込むのが村の海開きだった。

河童(村ではエンコと呼んだ)は人の尻が好物、人が泳いでいると河童に尻を吸われて溺れ死ぬ。その事故を防ぐには、河童にたくさん尻を与え満腹状態にしておく必要がある。それで人の尻の代わりに胡瓜のヘタを河童に捧げたのである。胡瓜のヘタが人の尻に似ているとは思えないが、もしかしたら河童は胡瓜も好きなのか。

ともあれ、胡瓜のヘタをたくさん海に投げて、それから私たちの海の日々が始まった。今から半世紀以上も昔の話だが、そのころは日焼けが元気のしるしであり、日焼けを競うコンテストもあった。昼間のほとんどを海ですごしていたのだから、私たちはまっ黒だった。

そういえば、中学生の夏、野球部のメンバーで天草《てんぐさ》採りをした。天草はトコロテンやカンテンにする海藻だが、それを採集すると売れたのである。野球部員は海に潜り、何日間か天草採りに励んだ。天草を売ってボールやバットを買う費用を捻出したのだ。ちなみに、野球をする中学のグラウンドは海に面しており、ホームラン性の打球はしばしば海へ飛び込んだ。

「今はもう陸《おか》の河童ですね、お互いに。あまり長くここにいると熱中症が心配だ。どれ、私は港へ戻って生ビールにしますよ」

私の話し相手は腰をあげた。スケッチブックを携えているから絵を描きに来たのだろうか。彼は、「じゃ、お元気で」と片手を挙げて港の方へと去った。

私はごろんと転がり、帽子を顔にかぶせて昼寝をした。そこは港のはずれの元作業小屋、漁師が網を修理したりした小屋である。今は放置されたその小屋の日陰で、私はほんの少し昼寝をした。目覚めると水平線がくっきりしていた。

あとがき

ときどき、短歌を作る。最近の歌を少し挙げよう。

住んでみたい町名ならば港町その二丁目のダリアのあたり
目はどうしてメなのだろうムではない理由を述べよと言ってみようか
君のムはその漆黒が深いなあ僕は溺れてみたいと言おう
梅雨入りの数日あとに蒸気レス電気ケトルのわく子に会った
タイガーの電気ケトルの製品名わく子はちょっと利発な女子だ

私は午前四時ごろに起きる。起きて最初に電気ケトルに水を入れて湯を沸かす。冬の寒さが本格的になったこのごろ、わく子はいよいよ利発である。

実は最近まで、ヒマも道楽も私の言葉ではなかった。今まで使ったことのほとんどない言葉なのだ。その言葉を書名として提案してくれたのは、前著『モーロクのすすめ 10の指南』に続いて本書の編集をしてくださった清水野亜さん。この書名を示されたとき、わく子を思った。

私は現在、退職して二年目の七十二歳である。金を稼ぐ本職から離れているので、日々、ヒマを生きている。そういう現実があって、私はすっと清水さんの挑発的提案に乗ったのだった。

ちなみに、この本は内容的には先の『モーロクのすすめ　10の指南』の続編であり、産経新聞大阪本社版に連載した「モーロクのススメ」の二〇一三年一月から二〇一六年六月に及ぶ記事を選択して編集したもの。本書中の年月日が前後しているのは、テーマごとに編集し、連載の順序にはよらなかったから。読者にとってはやや煩わしいと思うが、執筆当時の臨場感のようなものを重んじてあえてそのままにした。右の時期、私は胃がんの手術をし、職場を定年退職した。

産経新聞の右の連載は三百回で終わり、二〇一六年八月からはあらたに「モーロク日和」の連載を始めている。二つの連載の担当者は岸本佳子さん。清水さんをまじえて三人で飲んで議論した夜もあるが、四十代のこの二人はしなやかで手ごわい。いわば本物の利発なわく子さん、という感じ。二人には感謝をこめて次のダリの歌を贈ろう。

さっきまで画家ダリのいた緑陰だ馬が縮んで蟻《あり》になってる

画家ダリのいた緑陰に違いない土星が風をこぼした感じ

ヒマ道楽とはヒマ(暇)を徹底して楽しむことだ。ヒマとカタカナで書いているのは、この言葉に肯定的、積極的な意味をもたせたいから。ヒマは存分に楽しんでよい。いや、ヒマこそが人にとって黄金にまさる至高の時空なのではないか。そこでは、ダリアが咲いたり、メとムが問題になったり、わく子が活躍したりしている。緑陰には土星の風も吹く。

この『ヒマ道楽』の装丁に谷川晃一さんの絵を使うことができた。実は、谷川さんは俳人、坪内稔典をまっさきに論じてくださった人だ。一九七七年に句集『朝の岸』の改訂版（沖積舎刊）を出したとき、谷川さんはこの句集の解説として、「反陳述の鉛──坪内稔典小論」を寄せてくださった。「彼の俳句は、作者の個人的な心情吐露にならず、「無名な生活者」を対象とした乾いたポエジーとなる」という谷川さんの指摘は、以来、錘《おもり》のように私の内に垂れている。次に引くのがその評論で谷川さんが挙げてくださった私の俳句だ。

紫陽花《あじさい》のあなたの鮫《さめ》の口ひらく
飯《めし》噴いてあなたこなたで倒れる犀《さい》

私の三十歳前後の作だが、もしかしたら、その年ごろから私はすでにヒマ道楽を生きていたのかも。言うまでもないだろうが、表紙の谷川さんの絵にはモーロク、ヒマ、道楽の気配が漂っている。一九三八年生まれの谷川さんは、画家、エッセイスト、絵本作家などの多彩な顔を持つ。寄り道をしたり、幼児性を発揮したりする谷川さんは、まさにヒマ道楽の先達、私にとっては兄的存在だ。

というわけで、この本はとても楽しく出来ているはず。この本を手にし、この本を読むこと、それがヒマ道楽であってほしい。

二〇一六年十一月

坪内稔典

坪内稔典（つぼうち ねんてん）
1944年愛媛県生まれ．本名＝としのり．俳人，京都教育大学・佛教大学名誉教授，俳句グループ「船団の会」代表．2010年『モーロク俳句ますます盛ん』で桑原武夫学芸賞を受賞．主な著書に『俳句の向こうに昭和が見える』『カバに会う』『季語集』『正岡子規 言葉と生きる』など，句集に『高三郎と出会った日』『水のかたまり』『ヤツとオレ』など．

ヒマ道楽

2016年12月9日 第1刷発行

著 者 坪内稔典《つぼうちとしのり》

発行者 岡本 厚

発行所 株式会社 岩波書店
〒101-8002 東京都千代田区一ツ橋2-5-5
電話案内 03-5210-4000
http://www.iwanami.co.jp/

印刷・精興社 製本・牧製本

ISBN 978-4-00-024530-2 Printed in Japan